装備製作系チートで異世界を自由に生きていきます 8

Author : tera

Illustration : 三登いつき

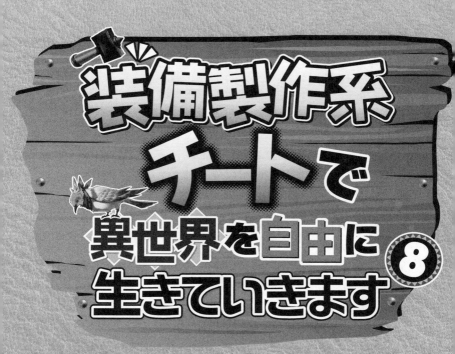

オスロー・ブリンド
アーティファクト研究科の学生。空飛ぶ魔導機器の開発を目指す。
ジュノー
ダンジョンコア。パンケーキが大好き。かなりの天然系。
ポチ
コボルト。トウジのサモンモンスター。毛並みが良くコボルト界ではイケメン。
トウジ（秋《あき》野《の》冬至《とうじ》）
本編の主人公。29歳。元フリーターで異世界召喚に巻き込まれる。ネーミングセンスが適当。

登場人物紹介
MAIN CHARACTERS
オカロ・ブリンド
C.Bファクトリーの代表。
オスローの父親で、
機械いじりが大好き。
イグニール
冒険者の女性。24歳。
強力な炎の魔法を操る。
母の形見の杖を愛用する。
マイヤー・アルバート
アルバート商会の令嬢。20歳。
損得勘定で動く生粋の商売人。
世話焼きな一面もある。

第一章　さよならトガル、お祭りのタコから

ゴブリンネクロマンサーと化した小賢《しょうけん》ウィンストと、アンデッドドラゴンとの戦いから数日。

アンデッド災害が収束したことで、俺——秋野冬至《あきのとうじ》は、ようやくサルトの街での待機状態から解《と》かれることになった。

冒険者ギルドによる安全の確認が終わるまでそれなりに時間は掛かったが、無事に依頼完了という運びになって、何よりである。

今回の一件を受けて、俺はソロのAランク冒険者となった。

再会した冒険者イグニールとのランク差にヤキモキしていたが、これで俺も胸を張って彼女の隣に立つことができる。

ここ数日、ずっとサルトの街にいた俺は、暇で暇で仕方なかったのだが、リフレッシュすることはできた。バカンスだと思えば悪くない。

ペットのポチは、家事が終わると牛丼屋の手伝いに行き、俺は家に籠《こ》もって日課の装備製作やらポーション製作やらを続けた。

時たまイグニール、ゴーレムのゴレオ、ダンジョンコアのジュノーに連れ出されては、みんなでショッピングを楽しんだりした。

その際に偶然、芸術家ロガソー氏とデートする、メイド服を身にまとった美しいゴーレム、シャーロットに遭遇した。

するとゴレオが対抗心からか、メイドゴレオ化して俺の腕を強く抱いたもんだから、俺の腕が変な方向に曲がってしまう、なんて事件もあった。

うーん、平和だ。

いつだってそうだ、壮絶な戦いの後には、こうした平和が待っている。

以前のように、俺が事なかれ主義のままだったら、この何でもない日常の楽しさを噛《か》み締めることはできなかっただろうな。

そうしたサルトでの日々も、今日で終わりを迎える。

魔導国家ギリスに帰る時がやって来たのだ。

サルトは俺が冒険者としてスタートを切った街であり、とても思い出深い。

だが、ギリスに残して来た友人のマイヤーとストロング南蛮《なんばん》にも悪いので、さっさと帰ることにした。

ペットのワシタカくんに乗れば、急いで三日。

十分に長旅だが、最初にギリスに向かった際は、貿易船に乗って倍以上の時間を要したから、それに比べると断然早い。

飛んでいる間は寝ているだけで大丈夫だしね。

眠たくなくても、飛んでいる間なら寝ることができる俺は、睡眠のプロかもしれない。

◇◇◇

出発の当日、サルトの西門付近にて。

「結局、またトウジに全部やらせてしまったな」

「まあ、たまたまだよ」

やれやれといった面持《おもも》ちの冒険者ガレーに、適当に返しておく。

「あの……今回の依頼の報酬、等分にして本当に良かったんですか……？　僕たち何もしてないですよ？」

同じく冒険者のノードは、一切戦闘に参加することなく今回の依頼が終わってしまったことを、気にしているようだった。

「当然。四人で受けた依頼だからね」

報酬額は、パーティーに５０００万ケテル。

早期達成した上乗せ分も含まれているとはいえ破格だ。

まあ、炭鉱街になりつつあった場所を壊滅《かいめつ》させた大災害の案件だから、妥当かもしれない。

報酬を俺たち四人で均等に割ると、一人頭1250万ケテル。これだけの大金なのだから、多くもらう必要なんてない。

「ありがとうございます！　この恩は忘れません！」

「いや、恩を売ったつもりはないんだけど……」

興奮しながらブンブンと頭を下げるノードに、俺は少し後ろめたい気持ちになった。

ぶっちゃけて言えば、小賢と戦う前のゴーレム戦のドロップによって、俺の懐はすこぶる温かい。

ゴレオの等級上げで1億ケテルほど使ってしまったが、まだ3億ほど残っている。

これはポチの等級上げに使用しようかな、なんて検討中だ。

ポチがレジェンド等級になれば、さらにドロップしたケテルの獲得量が増えるので、5000万ケテルを分配しても何も問題ないのである。

うふふ、うきうき。

「ノード、トウジは『ド』がつくほどのお人好しだから、大人しくもらっておけ」

「ガレーさん……少しはありがたがりましょうよ……」

「どうせ、受け取らないと言っても置いていくだろう。だったら素直にもらっておくべきだ」

俺はガレーの言葉に頷《うなず》いておく。

みんなが知らないところで稼がせてもらっている身だからね、還元だよ還元。

「それに毎日、寝る前に白金貨に向かって礼拝を欠かさないようにしているから、問題ない」

「そ、そんなことしてるんですか……うわぁ……」

ガレーのとんでもない一言に、顔を引き攣《つ》らせるノードだった。

これには俺やイグニール、ポチたちも苦笑いである。

ガレー本人の中では、感謝しているって意味合いなのかもしれないが、白金貨に向かって毎晩礼拝するなんて、さすがにおかしいだろう。

ちなみに俺は、良い潜在能力のついた装備ができたら合掌《がっしょう》して感謝してるけどな。装備製作の神に対して。

「ともかく！　これで装備も新調できますし、しばらく安泰《あんたい》です！　で、でも……初めて持った大金に……周りの視線が怖いというか、なんというか……！」

そう言いながら、ノードは白金貨十二枚と、金貨五十枚の入った革袋を大事そうに握りしめ、周りをキョロキョロと不安そうに見回した。

「ああ、俺も昔そんな感じになったよ」

懐かしい。デプリから逃れる道中で、ドロップアイテムを全部売却した時のことだった。

大金を奪われてしまわないか不安になってしまうのは、誰もが通る道である。

「トウジさん！　どうやって対処したんですか!?」

「ん？　別に対処とかはしてないよ」

ノードの見た目は金持ちではなく、ただのしがない冒険者。

金の匂いを嗅《か》ぎつけて襲ってくる奴なんているはずがない。

舞い上がってから、誰も自分のことなんか見ちゃいないってことに気がついてへこむまでが、この突発成金状態のワンセットなのである。

そう伝えると「ああ、確かに自分の思い上がりですね……」と、ノードは肩を落とした。

「それでトウジ、次はいつこっちに戻ってくるんだ？」

ズーンとへこむノードを鼻で笑いながら、ガレーが話題を変えた。

「……次か、うーん」

しばし考えるが、特にサルトに戻ってくる予定はない。

今回はたまたま、アンデッド災害の一件があったから、仕方なくサルトに来た。

冷淡かもしれないが、正直いちいち海を越えてここまで来るのは面倒くさいのだ。

もともと出不精《でぶしょう》な性分だから仕方がない。

まあ、旅行気分で新天地を目指すのは楽しいけどね？

あれだ、ロールプレイングゲームをやっていて、どんどん攻略を進めていくけど、初期の村に立ち寄らなくなる感覚に似ている。

「あっ、年が明けたら戻ってくるかもしれない、ってところ」

ふと、戻ってくる一つの理由が見つかった。

ポチの料理の師匠、パインのおっさんの息子であるメッシに子供が生まれたら、顔を見せにこようと思っているのだ。

ポチがお世話になったからね。

出産予定日すらわからないのだけど、たぶん手紙でも寄越《よこ》してくるだろう。

「もっと頻繁《ひんぱん》に戻って来てもいいんだぞ」

ガレーは、何だか少し寂しそうにしていた。

「いやー、サルトは遠過ぎるよ」

「だが、ロック鳥を使えば三日だろう？」

「簡単に言うなって……」

空を飛ぶと言えば聞こえは良いが、ワシタカくんの脚に縛り付けられて、吹き曝《さら》しの中を耐えなければならないのだ。

苦行だ、苦行。

あれには心の準備が必要となる。

そうだ。一つ、ガレーの希望を叶える方法があるとするならば、ギリスの友人、オスローと建設を予定している飛行船があった。

空の旅が快適になれば、サルトにだっていつでも遊びに来れるようになる。

完成がいつごろになるのかは、現状まったくわからないけどね。

「ふーむ、だったら次は俺たちが行く番か」

「え？　どこに？」

「ギリスだ。基本的には、ここサルトでもう少し活動をして縁を築きたいのだが、たまにはギリスへ向かう護衛依頼を受けても良いだろう。山脈の魔石やら鉱石を、海の向こうに大量に運んでるって話はよく聞くからな、便乗させてもらい、顔を見に行く」

「なるほどねー」

それならば、往復の旅費も雇う側が持ってくれそうだから、コスパが良い。

実にガレーらしい考えだった。

「来たらもてなすよ。ポチが作る、ギリス名産のチーズ料理とか、絶品だぞ？」

「アォン！」

ずっと隣で話を聞いていたポチが、誇らしげに鳴いた。

伝説の料理人の弟子であり、珍味の探求者にも認められたポチ。

小さな腕から作り出される料理は、繊細かつ表情豊か。

俺たちが体験した味の冒険を、ガレーとノードにも味わって欲しいもんだ。

「イグニールさん、これからポチくんの料理を毎日食べられるなんて……羨《うらや》ましいなあ」

へこんでいたノードも、ポチの料理を想像して、じゅるりと呆《ほう》けた表情になっている。

その気持ちはわからんでもない。

ポチのチーズ料理を食べた日は、ずっと脳がとろけた感覚になるんだ。

「ちょっと、その言い方だと、私が料理目当てでパーティーに入ったみたいじゃないの」

「でも相当大きいですよ、そのメリット！」

「まあそうだけど……ポチ、いつも美味《おい》しいご飯ありがとうね？」

ポチの料理が目当てじゃない、なんて言うとポチに失礼だと思ったのか、イグニールは肯定しながらポチを抱っこし、頭をなでなでする。

「フンス！」

なでなでされながら誇らしそうに鼻を鳴らすポチだった。

ま、胃袋を掴《つか》まれるのも当然だ。

俺だってもう、ポチがいないと生活が成り立たないレベルに陥《おちい》っている。

このパーティーの要《かなめ》は、家事炊事全てをこなせるゴッドコボルトなのだ。

「よし、とりあえず行こうか」

いつまでも別れの挨拶を続けていても仕方ない。時間が経てば経つほどに、別れるのは惜しくなってくる。

すっぱりと旅立つことも重要だった。

「トウジ、また会おう。そして昨日の送別会以上の会を開こう」

「うん、ギリスに来たらお前たちの歓迎会だな」

その時はうんと豪勢にやろう。

「期待している。後で要望をまとめた手紙を送っておくから、目を通しておいてくれ」

「お、おう……」

なんだこいつ、急に図々《ずうずう》しいな。

ガレーはやっぱりどこまでいっても、ガレーなのか。

「もう、ガレーさん！　もてなされる側はそういうこと言っちゃいけないんですよ！　サプライズの意味が無くなっちゃいますから！」

「おっとそうだった……さっきの言葉は忘れて、普通に歓迎会をしてくれても良いぞ？　変にサプライズされるかもって状況だと、逆にソワソワして気が気じゃないからな？」

すごくわくわくとした表情をしながら、そんなことを言うガレー。

いや、サプライズなんてする気はないんだけど？

普通にみんなで集まって、ご飯を食べながら酒を飲み、語り明かす。

それが一番良いんじゃないか。

下手《へた》に楽しみにされても、誰かにサプライズした経験なんて皆無なので、上手《うま》くできる自信がないぞ。

「と、とりあえずなんか考えておくよ……」

良い歳《とし》こいたおっさんが、あまりにも少年みたいなキラキラした目をしていたから、俺はできるかもわからないのに、そう言ってしまった。

何か適当に、プレゼントでも考えておけば良いだろう。

腕輪を渡した時なんか、かなり喜んでいたからね。

もしくは逆に、何もサプライズしないのがサプライズ、なんてどうだろうか？

こんなサプライズ、誰も考え付かないすごいってならないかな？

そんな俺の思考を見透かしたように、ガレーは言う。

「言っておくが、適当に済ますなよ？　本気でやれよ？　面倒くさがってサプライズがないのがサプライズとか言い出したら……ノードと一緒に玄関先で泣き叫んでやる」

「お、おう……」

えげつないほどにはた迷惑なことを、真顔で告げられた。

付き合わされるノードのことも考えろよ。

「トウジさんのサプライズ、楽しみですね！　なかったら僕も泣き叫びますから！」

「な、なんか頑張って考えとく！」

俺は適当に言い残すと、さっさと西門から外に出ることにした。

この場にいると、サプライズのハードルがとんでもないことになりかねない。

「まったくあいつらと来たら……」

溜息をついていると、隣を歩くイグニールがくすりと笑いながら言った。

「でも、私たちがすんなり帰れるように、ふざけてくれてたのかもしれないわね」

「そうかもね」

後ろを振り返ると、門から出て手を振る二人の表情は、やはり少し寂しそうだった。

俺だって寂しいさ。

でも、生きていればまた会える。

「トウジさーん！　また……また会えますよねー！」

もう豆粒みたいになったノードの声が届く。

俺も手を振り返して、大きく叫んだ。

「会えるさ！　ギリスで待ってる！」

久しぶりのサルトでは、みんなが俺のために、以前できなかった送別会と再会を祝う会を開いてくれた。

次は、俺がみんなのために会を開こう。うんとサプライズを盛り込んでね。

「それまで死ぬなよ……二人とも……」

サルトの東に連なる山脈に目を向けながら、そう独り言《ご》ちた。

◇　◇　◇

「……ねえ、本当にこんな方法で移動して来たの？」

イグニールが口元をやや引き攣らせながら、俺に尋ねた。

「うん」

俺とイグニールは今、ワシタカくんの脚に固定されている真っ最中だ。

かちゃかちゃ、ぎゅっ。

ベルトを装着される音が、これから迫る恐怖への序曲にも思えてくる。

「別に急いでないから、ゆっくり移動しても良いのよ？　グリフィーは？」

「ワシタカくんの方が十倍速いし、そもそもグリフィーは海を越えられないんだよ」

船に乗るのも金がかかるし、色々面倒くさいことが起こりかねない。

経験者の俺が断言する。

だから問答無用で、イグニールもワシタカくんの脚に括《くく》り付けることになった。

「パーティーを組んだら、長距離移動は基本こうだよ」

「……はあ、組む相手を間違えたなんて、口が裂けても言うつもりはないけど」

イグニールは大きな溜息をつきながら続ける。

「今から起きることへのほんの少しの後悔と、十分な心の準備くらいはさせてもらうわよ？」

「どうぞ」

思い残すことなく、後悔してくれ。

俺も通った道なので、それくらい許容範囲だ。

後悔してるところを見るギャラリーがいないだけ、イグニールはまだ恵まれている。

「ねえ、このベルトって、いくつもつける必要あるのかしら？」

腰、足につけられた固定用のベルトを見ながら表情を固くするイグニール。

車のシートベルトみたいに袈裟《けさ》掛けにもつけるぞ。

「落ちたら怖いから」

「……でも、胸がちょっと苦しいわよ」

袈裟掛けベルトで胸の形がやや浮き彫りになっていた。

けしからん。

しかし胸が苦しくとも、そのベルトが一番重要なのだ。

「安全のためだから仕方ないよ」

むしろ腰だけだと上体が安定しないので、そっちの方が怖いのである。

「心配性よねぇ……確かに大事だけど……」

安全への取り組みは過剰にやってこそなんぼ。

着脱が面倒という難点もあるが、致し方ない。

「って……トウジにつけられたベルト、明らかに私のよりも多いわね」

「ああ、俺は足とか腰のベルト数を倍にして、動かないようにギチギチに固定してるよ。ベルトが何らかの不備によって破損した場合の保険みたいなもん。イグニールも必要なら、まだまだ予備があるから好きなだけつけて良いよ」

「……股《また》が擦《こす》れそうだからやめとく……」

さながらパラシュートベルトのような形になった俺のベルト姿を見ながら、イグニールは呆《あき》れた表情で言葉を締めた。

それから、ポチも俺のお腹《なか》のあたりで固定される。

今回はイグニールが初めてで心配だと言うことで、ジュノーが彼女の服の中に入って襟《えり》から顔を出していた。

「えへへ、もにもにだし」

「こらっ！　そういうこと言わないの！　や、こら、あんまり動くな！」

もにもにだと？

こっちはもふもふだぞ、負けてねえ。

俺も負けじと、ポチをもふもふぎゅうぎゅうしながら対抗意識を燃やす。

「……アォン」

よし、もふもふの補給も済んだことだし、行くか。

「ワシタカくん、頼むね」

ベルトの装着をしてくれていたゴレオをサモニング図鑑に戻すと、ワシタカくんにお願いする。

「ギュアッ！」
ワシタカくんの馬鹿デカい翼で太陽が隠れる。
ご飯も食べた、トイレも行った、飛行準備はバッチリだ。
アテンションプリーズ、アテンションプリーズ。
これより、ワシタカ航空ワシタカ便は、サルトよりギリスへのフライトを行います。
機内食もトイレも、機内を快適にするアメニティは何一つありません。
そもそも機内ですらなく、吹き曝しとなっております。
それでは、ただひたすら耐え忍ぶ空の旅を楽しんで。
「――ギュアッ！」
大きく羽ばたかれる衝撃とともに、とんでもない浮遊感に襲われる。
「わひっ!?」
イグニールの短い悲鳴が聞こえた。
離陸の瞬間は怖いよね、でも、高高度を飛ぶようになってからがさらに地獄である。
決して落ちた時の想像はしないように。
ちなみに俺は離陸後すぐに寝てしまうから、かなり平気になった。
まったく眠たくなくても勝手に寝てしまうんだから、不思議だなあ……？
これがフライト慣れってやつなの――

◇　◇　◇

「トウジ！　トウジ！　起きなさい！　トウジ！」

「こらー！　起きろ！　いつまで気絶してるし！」

「アォン！　アォンアォンッ！」

「……んあ？」

なんだか騒がしい声に急《せ》かされ目が覚めた。

寝起きでぼんやりとしながらも、とりあえず周りを確認する。

「もう着いたの……？」

記憶を辿《たど》れば、休憩を挟んで再び出発した時は、海を渡る直前だったはずだ。

だからギリスに着いたのかな、なんて思っていたのだけど、まだ海上である。

しかも、目の前には巨大なタコの魔物が存在していた。

「……はあ？」

貿易船団の上を飛行して、巨大なタコを威嚇《いかく》するワシタカくん。

情報量が多くて、寝起きの頭には理解が追いつかなかった。

「何これ？」

「もーっ！」

巨大なタコが貿易船に絡み付いてギチギチミシミシと締め上げるなか、ジュノーがイグニールの胸元からふわっと出て来て、俺の耳を引っ張る。

「痛っ、いだだだだっ！　ち、千切《ちぎ》れるっ！」

俺の耳の付け根がヤバイ音を立てていた。

この痛み、とりあえず夢ではないってことは確かである。

「えっと……状況の説明を……」

「いいから、とにかく船に降りて、クラーケンの足を何とかしないと！」

「あっ、うん」

ガチガチに固定されたベルトを外すのにかなり手間取ってしまう俺。

あ、そうだ。ベルトは自分の装備なんだから、インベントリに仕舞えばいいのか。

さっさと収納してポチとともに自由になると、グリフィーを召喚して飛び乗った。

「ジュノーはイグニールのベルトを外してくれ」

「うん！　任せるし！」

胸とか腰のベルトを俺が外すのはさすがに不味《まず》かろうと、ジュノーに頼む。

「時間がないし！　トウジも手伝うし！」

「えっ」

「緊急事態よトウジ。別に何とも思わないから」

「あっはい」

真面目な顔でイグニールに言われてしまったので、俺もベルト外しに参加した。

パーティーメンバーだからか、異性の範疇《はんちゅう》に入っていないからか。

信用してもらえているのはありがたいのだが、男として意識されていないのであれば、少しショックだった。

別に期待なんかしてないけどね、二十九歳フリーターはそういう機微《きび》にも敏感なんだい。

「よし、外し終わったよ。状況説明を頼む、俺寝てたからさ」

「……え、気絶じゃないの？」

「えっ？　なんだって？　イグニール？」

いやいや、断じて気絶ではなく寝ていただけだ。

起きたらどっと疲れているが、それは体勢とかの問題だろう。

「……とにかく状況を説明してくれ」

さらっと流して、話を本筋に戻した。

グリフィーの背中に乗り込み、俺の腰に手を回したイグニールが教えてくれる。

「飛行中にジュノーと海の景色を眺めていたら、偶然、クラーケンに襲われている船を見つけたのよ」

「なるほど、委細承知」

クラーケンというのは、あの馬鹿でかいタコの魔物のことだ。

そいつに襲われている貿易船を見つけたイグニールとジュノーが、ワシタカくんにお願いして助けに来たって話である。

「パーティーリーダーの許可なしに、勝手に判断したのは悪かったわ」

「いやいや、むしろよく見つけたと思う」

人助けしようとしたことに対して、ふざけんなって言えるはずもない。

それにイグニールの性格だと、助けるという選択肢しかないだろう。

俺だって、目の前で襲われているのを放置しちゃ、寝覚めが悪い。

「とりあえず、船に張り付いたタコを引っぺがすか……ワシタカくん頼んだ！」

「ギュアッ！」

武器である両脚がフリーになったワシタカくんは、船に絡み付くクラーケンの頭に強襲し、文字通り鷲《わし》掴みにして持ち上げにかかった。

「うわああああ!?　ふ、船が揺れる!?」

「みんなー！　掴まれー！」

グラグラと船が揺れ、甲板《かんぱん》で戦っていた船員や冒険者の叫び声が響く。

当たり前だ。見た感じ、船と船がぶつかり合う揺れより、もっと酷《ひど》い。

船室に避難してる人は大丈夫だろうか？

かつての船旅で船酔いになった、マイヤーの惨劇《さんげき》を思い出してしまった。

……忘れよう、彼女の名誉のためにもね。

「そもそもなんだあのロック鳥⁉　味方なのか⁉」

「わからない！　けど、従魔《じゅうま》の印をつけてるぜ！」

「ロック鳥が従魔だって⁉　そ、そんなことあるのか⁉」

「聞いたことがある！」

「なんだ急にどうした⁉」

「しばらく前に、大海賊の集団を一人の冒険者が追い返したって話だ！　その時の冒険者が、ロック鳥とスライムキングを従えていたんだとよ！」

「でもスライムキングいねぇぞ！　嘘《うそ》だろその噂《うわさ》！」

……残念ながら本当なんだよな。

阿鼻叫喚《あびきょうかん》の中から聞こえてくる噂話に、俺はそう思った。

もっとも、一人で追い返したってのは誇張であり、船のみんなで戦ったのである。

「トウジ、サルトを出てからも色々とあったのね……？」

「まあね……」

何かを察したようなイグニールの表情。

色々あったからこそ、こうして貿易船にクラーケンが絡み付いているとんでもない状況でも、冷静でいられるのだ。

「そのロック鳥、やっぱりトウジ殿！」

「ん？」

甲板の上でてんやわんやする船員や冒険者の中に、俺の名前を呼ぶ人がいた。

見覚えがあるなと思ったら、かつて一緒に、海賊相手に戦った指揮官だった。

別名、船長。名前は知らない。

「久しぶりだな！　トウジ殿！」

「お久しぶりです、船長。また厄介《やっかい》な場面に遭遇してますね」

前は大海賊団と嵐と海地獄《うみじごく》で、今回はクラーケン。

厄介な星の下に生まれたのだろうか、と疑ってしまいそうだ。

「ここ最近は問題なかったのだが……しかし、また君がいる」

それ、どういうこと？

言葉の裏に、俺こそが厄介を引き寄せている、という意味合いが含まれていそうだった。

しかし、真っ向から否定できないのもまた事実。

「不躾《ぶしつけ》なお願いなのだが、援護を頼めないだろうか？」

「もちろんそのつもりです」

ここで放置するなんて、とんでもないサイコパス野郎くらいなもんだ。

「ありがたい！　正直もうダメかと思っていたんだが、活路が開けた！」

「それほどじゃないですけど……」

「いいや、何を言っている。私を含めてあの船に乗っていた者は、大海賊を退《しりぞ》けることができたのは君のおかげだ、と口々に言っているんだ」

今でも忘れない、と船長は続ける。

「従魔とともに、海賊を恐れず戦う君の勇姿。そして、ロック鳥が海賊船を次々と沈没させ、海地獄を叩きつぶし、嵐すらも打ち消したスライムキングの強烈な姿を……な！」

「はあ……」

確かに、俺からしても強烈な光景だった。

訂正すべきは、なんか英雄みたいな扱いを受けているが、どっちかと言えば、俺も船長と同じくギャラリーでしかなかった。

「トウジ！　話よりも先にクラーケン！」

「おっと、了解」

イグニールに言われて、視線を船長からクラーケンに戻す。

ワシタカくんが頑張って引っ張っているものの、返しがついた棘《とげ》びっしりの吸盤が、船をガッチリ掴んで粘っていた。

これだと、ワシタカくんが本気を出したら船がひっくり返ってしまいかねない。船体の板材がバキに剥《は》がれて、船が沈む可能性もある。

「一旦動きを止めるか。ポチ、図鑑に戻ってて」

「アォン」

俺はポチを一度だけもふもふっとすると、サモニング図鑑に戻してワルプを召喚した。

「――ォォォォォォオオオオオオ！」

ワルプは海地獄のサモンモンスターであり、場所が海なら無類の強さを誇る。

スタンに暗黒で、邪竜をハメ殺したワルプの力を、とくと味わうがいい。

「海地獄⁉　ま、まさか、そいつも従魔にしたというのか⁉」

「ええ、まあ」

驚く船長に、適当な返事をしておく。

あの時の海地獄からゲットしたサモンカードです。

「――オオオオ！」

空中で召喚されたワルプが海にダイブして、すぐさま渦潮《うずしお》を作り出した。

特殊効果のスタンと暗黒が発動し、船に絡み付いていたクラーケンの動きが止まる。

「ク、クラーケンの動きが……止まってる……？」

「い、いったいどうしたんだ……？」

「もう色んなことが重なり過ぎて、ついていけねぇよぉ……」

クラーケンだけでも大事なのに、ロック鳥と海地獄まで。

あまりの事態に、甲板にいた大勢が固まっていた。

「ギュアッ」

静止したクラーケンを、ワシタカくんが無理やり船から引き剥がす。

その間もクラーケンが再び動き出さないよう、絶妙に高さを調節するワシタカくん。クラーケンがワルプの作り出した渦潮から出てこないようにしているのだ。

本当にできるやつですよ、ワシタカくんは。

もちろんワルプだってよくやってくれているぞ。

「一旦船に降りるぞ」

「了解よ」

「はーい！」

渦潮に巻き込まれない位置まで、ワシタカくんとワルプが船を移動させてくれた。

すっかり落ち着きを取り戻した甲板へ降りた俺は、サモニング図鑑でグリフィーから、コレクションピークのコレクトにチェンジ。

コレクトの特殊能力で、ドロップアイテムが発生する確率を上げておかないとな。

「さて、あとはあのタコをどうするかだけど……」

サンダーソールのビリーを召喚して、特大の一撃をぶつけてやるか？

それともキングさんにお願いするか？

この状況なら、わざわざキングさんを出す必要はなさそうだし、ビリーで大丈夫かな、と思っていると……。

「ギュアァアアアア！　ギュアギュアギュアギュアッッ!!」

「――!?　――ッッッ!?」

ワシタカくんが、自分だけで大丈夫だと言わんばかりに、とてつもない鳴き声を上げた。

そして、クラーケンの頭を鋭い鉤爪《かぎつめ》で引き裂いて嘴《くちばし》で食い破り、ズタズタのボロボロにしてしまった。

「う、うう、うおおおおおおおお!!」

「ロック鳥すげぇ！　すげえよ！」

「海の悪魔クラーケンが簡単に！」

「すげえええええええ！」

無残な姿になってボトボトと海に沈んでいくクラーケンを見て、甲板から固唾《かたず》を呑《の》んで見守っていた全員が歓声を上げる。

「ワシタカくんすげぇー！」

もちろんギャラリーの俺も一緒になって、ガッツポーズを取る。

さすがはキングさんの相方的な存在、ワシタカくんだ！

キッツキ並みの高速突っつきで、分厚いクラーケンの頭を食い破っちまったぞ！

そして、遠目にドロップアイテムが見えたと思ったら、サモンカードでした。しかもユニーク等級の色。

やったぜおい。

「……なんでやっつけた本人が、一緒になって喜んでるのよ」

グッと拳《こぶし》を握りしめる俺に、イグニールが呆れた顔をしていた。

いやいや、俺はあくまでギャラリーである。

サモンモンスターによる、とんでも殺戮《さつりく》劇場のいち見物客。

当事者になったら命がいくつあっても足りないので、この立ち位置が一番良い。

そんなことを考える俺の元に、船長がやって来た。

「トウジ殿。貿易船団を代表して、改めてお礼を言わせていただきたい」

「いえいえ、そんな……助力できて良かったです」

俺は謙遜《けんそん》しながら素直に言葉を受け取っておく。

「船長、負傷した人は何人いますか？」

「……今回はそれなりだ」

船長の表情が少し暗くなる。

どうやら、俺らが来る前に多少の犠牲があったようだった。

「戦って海に投げ出された者もいるが……海は常に危険がつきものだから仕方がない」

「捜索はしますか？」

「いや、船を港につけるのが優先だ。基本的に、海に落ちた者の捜索はしない。乗客が落ちた際は例外的に船を止めることも許されるが、積荷の方が船員よりも重要なんだ」

「なるほど」

そういったルールに同意した船員だけが乗っているらしい。

魔物のいる海はとにかく危険な場所だってのが常識だ。

胸の痛む話だが、仕方のないことなのだろう。

「船長、襲われてからどのくらい時間が経っていますか？」

「……一時間くらいだな」

一時間、溺《おぼ》れてしまった場合は助からない。

しかし人は海に浮く。海賊と勇敢に戦うほどの海の男たちならば、そう簡単に力尽きるなんてことはないはずだ。

「まだ、間に合いますね」

「間に合う？　どういうことだ？」

「船は進めたままでいいですよ。俺の従魔に捜索を行わせます」

「……本当にいいのか？　そこまでしてもらって」

「生きてる可能性があるのなら、できる限りのことをしないと」

面倒を見るのなら、ケツまでしっかり。

これも先日の船旅で学んだことだ。

「……それは、ありがたい」

唇を噛み締めながら、船長は続ける。

「私がいくらかお金を出させてもらうから、正式な依頼として受け持ってくれ」

「なら格安で引き受けますよ」

俺はギルドにしっかり報告をしてもらえれば十分なのである。

「ありがとう……本当にありがとう」

深く頭を下げる船長を見るに、本当は安否が確認できるまで捜索したかったようだ。

前から思っていたが、やっぱり良い人だな。

だからこそ、できる限り助けようと思えてくる。

たとえ間に合わなかったとしても、永遠に海を漂うよりは陸地の故郷で眠りたいはずだ。

「よし、ワルプはそのままで、ワシタカくんとコレクトはチェンジだ」

「ギュアッ！」

「クエッ！」

クラーケンのドロップアイテムを回収した後、俺はチロルと水島《みずしま》を召喚した。

スライムのチロルの能力である回復効果の範囲に入っていれば、遭難者のＨＰが自動回復し生存率も高くなる。

リバフィンの水島には、エコーロケーションを用いて遭難者を探してもらうことにした。

イルカっぽい魔物であるリバフィンは淡水に棲《す》んでいるから、一応、海も行けるか聞いてみる。

「水島、海は平気？」

「キュイ」

ややぎこちないが、行けんこともないと頷く水島。

エラで呼吸する部類じゃないから、海でもたぶん問題がないらしい。

「よし、なら俺の話は聞いていたな？　行ってこい」

「……キュイ」

あまり行きたくなさそうな雰囲気だったが、問答無用で海に飛び込ませた。

ワルプと水島が、戦いの最中で海に落ちた船員や冒険者たちを助け回っている間に、残った俺たちはクラーケンの攻撃によって壊れた船体の補修作業や、負傷者の治療に当たった。

「助けてもらった恩人に頼める身分じゃないのだが、そっちをお願いできるか？」

「大丈夫ですよ」

マストと手すりに繋《つな》いだ命綱を腰に巻き付け、金槌《かなづち》と釘《くぎ》と資材を持って、ロープアクションさながらに船体側面へ降り、補修作業を続ける。

装備の耐久を回復させられる、ゴレオの特殊能力が通用すれば楽だと思ったのだが、船は装備ではないようだ。

以前オスローに見せてもらった飛行船の設計図も、俺の製作レシピに登録できなかったので、乗り物は装備の範疇に入らないのだろう。

トンテンカンテン。

ぎこちない手つきで、クラーケンの吸盤によって引っぺがされた部分に、板を打ち付けていった。

「いてっ！」

うーん、慣れない作業だからか知らんが、なかなか金槌の狙いが定まらない。

宙ぶらりんでの作業は、屋根の補修よりも難しかった。

器用さを表すステータスのＤＥＸ値は、装備の補正によって跳ね上がっているってのに、こういったところには反映されないのだろうか。

世知辛《せちがら》いもんだ。

「あ、そう言えば……」

ふと思いつく。

クラーケンからドロップしたサモンカード、ドロップケテル、大量のタコの切り身に交《ま》じって、今の状況に良さげな装備があったんだった。

【吸着の長靴】
必要レベル：60
VIT：30
UG回数：5
特殊強化：◇◇◇◇◇◇◇◇◇◇
限界の槌：2
装備効果：MPを消費してどこにでも吸着する

いわゆる滑り防止となる、スパイク能力を備えた靴装備である。

これで船体側面に張り付いて作業すれば良いのではないだろうか？

「試しに、履《は》き替えてやってみるか」

俺は基本的に自分で作った装備しか使わないから、魔物からドロップした装備は全て分解して素材の足しにしている。

こういう場面じゃないと使う機会がないので、たまには良いだろう。

あ、他にもこんなものだってあるぞ。

【潮流の靴】
必要レベル：80
VIT：40
UG回数：7
特殊強化：◇◇◇◇◇◇◇◇◇◇
限界の槌：2
装備効果：水面を歩行できる

これは以前、海地獄を倒した時に得た装備。

水面限定の効果を持つ装備だが、MP消費がないのが利点である。

履いているだけでアメンボごっこができるこの靴、使いどころがあるかと言われれば、今の今まで特になかった。

邪竜イビルテール戦で履いていれば良かったのかもしれないが、そんな余裕もなかったし、そもそもあの時は必要レベルに達していなかったのである。

「よし……」

今は必要レベルもクリアしているし、水面すれすれの作業がし易くなるかもしれないので、先に潮流の靴を履いてみることにした。

「お、おおっ」

浮く、浮くぞ！

水面が少しだけ体重で沈むが、それでもしっかり俺の体を受け止めていた。

アメンボってこんな気持ちなのかね。

そのまま水面に立って、板に釘を打ち付けてみる。

ぶっちゃけて言えば、うねりによって体や船が上下に動くからやりづらかった。

さらに水しぶきがひっきりなしにかかって、すごく鬱陶《うっとう》しい。

「……うん、普通に修理しよう」

俺には潮流の靴を使いこなせそうもないので、欲しがりそうな物好きがいたら売り渡すのが良いだろう。

実用性は皆無だが、装備の効果はかなり面白いから、人一倍収集癖《しゅうしゅうへき》の強い貴族に高値で売っ払うのが一番だな。

「お次は吸着の長靴だな」

ＭＰを消費するが、吸着する箇所を選ばない装備である。

船の側面で作業する際、体の安全性や安定性を高めるのに効果的なはずだ。

さっさと履き替えて、側面にキュッと張り付いてみる。

「ほお」

キュッポンキュッポン。

側面で足踏みをする度に、チープな子供用のスリッパのような音を発する。

「いいね、これ。気に入ったかもしれない」

予想通り、抜群の安定性。

波で船が多少揺れたところで、金槌の打ちミスをすることがなくなった。

作業スピードが格段にアップし、すこぶる捗《はかど》る。

使い勝手が良いっていうのは、全てに勝る要素だった。

キュッポンキュッポン。

それになんだか、この音も楽しくなってきた。

キュッポンキュッポン……うはは っ!

「……お、おい……なんか船の側面で足踏みして遊んでるぞ、あの男……」

「馬鹿、聞こえるだろ。ロック鳥とか海地獄を従魔にしてるレベルの冒険者だぞ」

「さっきからキュッポンキュッポン音がしてるけど、なんなんだ?」

「知らねぇけど、たぶんそういう従魔なんじゃね?　知らねぇけど」

……童心に帰って遊ぶのは拠点に戻ってからが良いか。

遊ぶ姿を見られて、恥ずかしくなって我に返った。

でもこんな面白装備をつけていると、ついつい魔が差してしまう。

命綱を使わずに、吸着機能を駆使して側面を歩けるんじゃないかな、とか。

映画に出てくる蜘蛛《くも》のヒーローよろしく、格好良い動きができるのでは？

試しに命綱を緩めて、船側面に立ってみると――

「――ほげっ⁉」

その瞬間、後頭部に激しい衝撃を感じた。

足は側面にくっ付いたまま、重力に負けて膝が曲がり、頭をぶつけてしまった。

「そ、そりゃそうなるわな……」

浅はかな考えだった。二十九歳フリーターのダメ人間がヒーローになれるはずもない。

「はあ……お？」

逆さまになった水平線を見ながら溜息をついていると、遠くにワルプと水島の姿が見えた。

ワルプの頭上には、船から落ちた人たちが乗せられている。

人数を数えてみると、船長から聞いていた人数と同じで、全員助けられたみたいだった。

「よかったよかった」

ほっとした気持ちになり頷いていると、次は横から声が聞こえる。

「ママー！　なんか面白いおじさんがいるー！」

客席の窓から顔を出して、逆さまになった俺を見る子供の姿があった。

「しっ、見ちゃダメ！」

すぐに母親が子供を連れ戻して、窓を閉め固く鍵をかける音が響く。

「……黙って作業を進めよう……」

安定性抜群だから、これ。

面白いとかそういうのじゃなくて、作業効率上がるから装備してるだけだから、これ。

今回の戦い、奇跡的に死者は一人も出なかった。

数十人の負傷者と、心に傷をおったおっさん一人のみである。


さて、落ちた人員の救助と負傷者の治療、船の補修も粗方《あらかた》終わり、あとはクラーケンにボロボロにされてしまった帆を、船員総出で縫《ぬ》い上げるだけとなった。

しかし完成までには結構な時間がかかるそうだ。

この世界の船には、水流を操作して前進できる推進器が備えてあるのだけど、これもクラーケンによって壊されており真っ直ぐ進むのが困難だった。

そこで俺は、ワルプに海流を生み出してもらい、航海の手助けをすることにした。

海流に乗れば、風を掴めなくとも十分な推進力を得られるのである。

そしてワルプがいれば、たとえ魔物が襲いかかってきたとしても、船に近づく前に無力化できるので、ビリーが片っ端から殲滅《せんめつ》していけば良い。

もっとも、魔物ヒエラルキーの中でも上位に君臨する海地獄と、龍のような魔物サンダーソール相手に喧嘩《けんか》を売るようなバカは、いないみたいだけどね。

「まさか、海地獄が船を動かす姿を見られるとは……」

ワルプを船長室の窓から見て、言葉を失う船長。

小さな船であれば、従魔に牽引《けんいん》させることも多いらしい。

しかし、こんな貿易船クラスのでかい船を引かせるには、相応のパワーを持った従魔が必要となる。

そんな従魔は貴重な戦力であり、船の動力とするよりも、以前戦った海賊団のように、護衛として自由にしておくことが普通だ。

ちなみにうちのワルプは、海賊が従えていた海地獄よりもっと大きいぞ！

「さらに、サンダーソールまで護衛についているとは……陸より海での暮らしが長い私ですら、この二つの魔物が連れ添って泳いでいるところなんて、見たことがない……」

ワルプと仲良さげに泳ぐビリーを見ながら、船長は気難しい表情を作った。

野生なら、縄張り争いで殺し合うだろうしな、この二種類。

本気で殺し合ったら、近海は大荒れしそうである。

「あいつらがいれば、船の安全は確保できますよ」

「あ、ああ……」

ボスクラスの魔物が出たとしても問題なし。

現に今、めちゃくちゃ平和だ。

「ぜひ、今後とも貿易船の護衛として依頼を引き受けて欲しいものだが、きっとまたしても無理なのだろうな……」

「また？」

詳しく聞くと、冒険者ギルドに以前、俺の専属依頼を出したのは船長だったらしい。

俺はそれを一度断っているから、今回も無理だろうとガックリしているようだった。

「やることがありますからね、申し訳ないです」

「いや、良いんだ。各地を渡り歩く冒険者にとって、ずっと船の上で大海原を往復する生活なんて、面白くはないだろう」

「そんなことはないと思いますけど……」

俺もこの世界に来た当初は、一攫《いっかく》千金を夢見るのが冒険者だ、なんて幻想を抱いていた。

だが意外なことに、そういう手合いはダンジョン周りに多いだけだった。

大抵の冒険者は、街の安全を兵士と一緒に守ったり、兵士の手が足りない場所の下調べや魔物の間引きを行ったりする自由業である。

ソロから、パーティーへ。パーティーからクランへ。

規模が大きくなればなるほどに、メンバーの仕事内容はより専門化していく印象がする。

大所帯の食い扶持《ぶち》を稼ぐには、こういった船の護衛などの依頼を継続して受け続けるのが、手っ取り早いかもしれないな。

「トウジ殿」

船長は窓から俺に視線を移すと、改めて頭を下げた。

「この恩をどうやって返せば良いのか、果たして私が生きている内に返し切れるのかわからないが、報酬が足りなかったら言ってくれ。長い期間、船で共に暮らす乗組員たちは、私にとっては家族と同じような存在。家族を救ってくれた恩は、絶対に忘れない」

なんなら貯金を全て出しても良いと、そんな覚悟を見せる船長だった。

「いや、そこまで言われるのは……ちょっと……」

クラーケン討伐、落ちた人の救助、負傷者の治療、船の補修。

全てひっくるめての依頼だ、と俺は思っている。

そこまで恩義に感じてもらわなくても、依頼主と冒険者として、平等に付き合っていきたいのだが……なんとも線引きが難しいものだ。

「船長、俺も出します！」

「俺も！」

「俺もだ！」

「船長おおおお！」

周りにいた船員たちも、船長に合わせてこぞって頭を下げ始めた。これは珍事。

……痒《かゆ》い、痒すぎる！

悪い気はしないけど、相変わらず過剰に感謝されるのには慣れないなあ。

「船長！　大変です！」

苦笑いしながら頬を掻《か》いていると、女性船員が慌てたように駆け込んでくる。

「……って、え？　な、何ですかこの状況？」

そして、船長以下、船員一同が俺に向かって頭を下げる光景を前に顔を引き攣らせていた。

珍事と称した俺の感性は間違っていなかったようである。

誰がどう見ても、この光景はおかしいよ。

「どうした？」

船長は頭を下げたまま女性船員に聞き返した。

「ええと……は、話しても良いんですか……？」

「良いから報告しろ」

意地でも頭を下げ続ける気か、船長。

「じ、実はクラーケンの攻撃によって、荷物を積んだ倉庫が破壊されていたんですが」

「それは把握している。預かった荷物ではなく、あくまで船員用の倉庫だ。私たちが我慢をすれば何の問題もないだろう」

「確かに預かった積荷は問題ないのですが、不味いことに、食料の一部をダメにされてしまったことが発覚しまして……」

「何だと、詳しい量は把握できているのか？」

「えっと、大凡《おおよそ》なのですが、約二日分の食料が失われました」

「航海速度はそれなりを保ててはいるが……ふむ、それでも二日分か」

「そうです」

「船員たちの分をゼロとすると、どうなる？」

「そういった部分を考慮しても、二日分足りない、という計算になります」

「……なるほど」

クラーケンと正面きって戦っていた船以外は、あまり損害を受けていないと思っていたのだが、運の悪いことに、食料に深刻なダメージを受けていたらしい。

「船長、俺たちはギリギリまで我慢できますぜ！」

「そうです！　みんな無事で生きてたんですから！」

「二日の飯抜きくらい、どうってことないさ！」

船員たちが口々に言った。

「だが、船の作業は重労働だ。一日一食ならば耐えられるかもしれないが、一切食べないというのは危険が大きいだろう。船を動かすのは誰だ？　私ではなく君たちだ。旅客の不満も出ると思うが、今回は全員で少ない食料を分け合うべきだ」

船長が結論を出した。

さすがに、もう顔は上げていた。

「クラーケンの襲撃によって、食料庫に深刻な被害があったこと、それにより三食から二食に減らし、質もやや落とすことを全体に通達する。子供と怪我人、病人にはしっかり栄養のあるものをとらせること」

「船長、それでも足りないのですが……」

どうするのかと聞く女性船員に、船長は告げる。

「夜の航海に備え休息している船員以外は、空《あ》いた時間に漁を行おう」

存分に釣りをしてくれ、と言った瞬間、船員たちから歓声が上がった。

「おっしゃー！　久々に漁だぜ！」

「旅客を乗せるようになってから、見栄えが悪いからって禁止されたんだよな！」

「昔はよくやってたってのによ！」

「俺らの食い扶持は俺らで賄《まかな》って、逆に豪華な夕食にしてやろうぜ！」

「うっひょおおおおおおおおおお！」

なんだこれ、すごい盛り上がりである。

テンションの急上昇っぷりに付いていけない俺が唖然《あぜん》としていると、船長が教えてくれた。

「見栄えも悪く、真似する旅客が出て海に落ち、船を止めることが度々あったから、漁は禁止にしていたのだ。安全な航海をする上で基本的に漁は禁止だが、今は致し方あるまい。それに、君が従魔を護衛として出してくれているから解禁できる」

「えと、どういうことですか？」

俺を引き合いに出されても、よくわからない。

「魚をとると、強い魔物に襲撃される確率が格段に上昇するのだ」

「海を荒らすなーって寄ってくるんですか？」

「言い方は可愛いもんだが、間違ってはいない。海の魔物にも縄張りがある。そこを荒らすと襲ってくるのは至極当たり前の話だろう」

昔の貿易船は、食料を現地調達しながら進んでいたこともあった。

漁を行うことによって航海日数も長くなってしまい、魔物に襲われてしまう危険性が今と比べてかなり高かったそうだ。

食料をケチって襲われるより、少しでも安全に航海できる方が良いのは当然だろう。

「沖合の縄張りは、時期や海流によってコロコロと変わる。できるだけ刺激しないように航海するのが、船長としての腕の見せ所だ」

だからと言って、全ての海が危険ってわけではない。

沖合が厄介なだけで、近海では漁が盛《さか》んに行われている。

どこもそうだが、魔物ってもんは何で示し合わせたように、人里離れた奥地にいるのだろうか。

長年の謎である。

「アォン」

そんな話をしていると、ポチが俺の服を引っ張った。

「どうした？」

「オン」

そして、メモ帳に文字を書いて見せてきた。

《クラーケンを食べたら良いのでは？》

《かなりの量があるよ》

「……」

おっと、俺があえて触れていなかった部分に踏み込んできやがったぞ。

確かにクラーケンはでかい。

食料問題を一気に解決することができるが……あいつは魔物だ。

巨大なタコだと言えば聞こえは良いのだが、いかんせん大きすぎる。

鉤爪みたいなのがびっしりついた気持ち悪い吸盤を見たら、とてもじゃないが食べ物だとは思えないぞ。

「……一応聞くけど、クラーケンって食べられるの？」

「アォン」

コクリと頷くポチであるが、それを肯定と受け取るか受け取らないかは俺次第。

コボルト語なんて、わからんのでな。

「そうか、無理か」

「グルルルッ！」

「あっはい、すいません」

すごい剣幕で唸《うな》られたので、好きにさせることにした。

ポチはどうしても、この食料危機に立ち向かいたいらしい。

どうせクラーケン料理も、パインのおっさんに習ってるんだろう。

こと料理に関しては、こいつは指示に従わんから厄介だなあ……。

「船長さん、今日仕留めたクラーケンを食料にするのはどうですか？」

「……クラーケンを食料に？」

俺の発言に、船長は目をパチクリとさせていた。

ほら見ろ、俺の感性は間違っていない。

クラーケンなんて、食べられたもんじゃ――

「港町の市場に卸《おろ》すと思っていたのだが、良いのだろうか？」

「――へ？」

俺の想定していた反応と違っていた。

クラーケンなんて食べられるか、という反応を期待していたのに。

これじゃまるで、食べたことあるみたいな、そんな反応じゃないか。

「逆に聞きますけど、クラーケンって食べられるんですか？」

「食べられるぞ。昔海軍にいた時に、たまたま小さいのを仕留めて食べたことがある」

「へ、へぇー……」

詳しく聞いてみると、タコ料理は十数年前から、ギリスやトガルなど海に面した国で食べられるようになったらしい。

クラーケンの分厚い皮の下には、上質で柔らかい身が眠っており、高級食材なんだそうだ。

「ふーむ、クラーケンか……あの頃を思い出すようだ」

船長は何やら、懐かしむような表情で遠くを見つめた。

「当時は私も、あんなグネグネした生物を食べるなんて想像もできなかった」

頬が少し緩んでいるので、クラーケンは相当美味しかったみたいである。

「巡回中に嵐に遭遇し、食料庫が浸水して食べるものがなくなってな……」

「まさに今日と同じような状況だったわけですね」

いや、もっとひどい状況だったのかもしれない。

船長が、過去を順番に思い返すように話す。

「たまたま船に乗っていた食事当番の冒険者が、嵐の最中に倒したクラーケンを調理して食べればいいじゃないか、と言い出したんだ。最初はみんな、あんな化け物を食べられるわけがないと反発していたのだが、彼はみんなの反対を押し切った」

「な、なるほど」

たまたま船に乗っていた食事当番の冒険者。

なんとなく、なんとなくだが、あの人の匂いがした。

俺の記憶の中に、クラーケンを食べそうな男は一人しかいない。

「煮て良し、焼いて良し、揚げて良し、酢漬けにしても良し。食事当番のフーズが振る舞ってくれたクラーケン料理は、あの場にいた全員の腹を満足させ、タコが食べられるということを教えてくれた……ああ、懐かしい」

「フーズって……」

もしかしなくても、パイン・フーズのことである。

やはり、おっさんだったようだ。

口ぶりから察するに、クラーケンというよりタコ食を広めたようである。

デリカシ辺境伯領での一件もそうだが、あのおっさんは伝説を残し過ぎだろう。

「伝説の食事当番、パイン・フーズ」

おっさんの名前を噛み締めるように呟《つぶや》きながら、船長は続ける。

「彼は、海の幸が食べられれば報酬はいらないと船に乗り込んだ、おかしな冒険者だった。クラーケンや、網にかかった奇妙な魚か何かもわからん生き物を食べて満足したのか、二度と私たちの航海に現れることはなかった。全員がまた、食事当番として船に乗ってくれるのを望んでいたのだがな」

たぶん、本当に海の幸目的で乗り込んだんだろう。

あのおっさんならやりかねない。

「彼は今頃、いったいどこで何をしているのだろうか。そもそも生きているかどうかもわからないが、彼の料理は私の心の中で永遠に輝いている」

「は、はあ……」

非常に言いづらいのだが、その伝説の食事当番は船着場からすぐの場所で牛丼屋を営んでおり、牛丼屋チェーンを作ろうとしているぞ。

まったく世間は狭いというか、なんというか。

さすがは放浪料理人と自称していただけある。

恐らく他の国とか地域でも、こんな感じの伝説を残しているのだろうな……。

召喚された俺でも満足して食べられる異世界の料理事情は、パインのおっさんのおかげといっても過言ではないのかもしれない。

「アォォオン！」

そんな師匠の過去の話を聞いていたポチが、珍しく燃え上がっていた。

「ああ、そっか、そうだよな……」

ポチはおっさんに追いつき、超えることを目標にしている節《ふし》がある。

だから、燃えないはずがなかった。

「ど、どうした？」

「いやその……実はポチ、そのパイン・フーズさんの直弟子《じきでし》なんですよ」

「コ、コボルトが……？」

船長は一度困惑した後、すぐに声を上げて笑い出した。

「ハッハッハ！　当時も不思議な奴だと思っていたが、まさか……まさかコボルトまで弟子にするとは、実にあいつらしい。フーズらしいぞ！」

「船長さんは、パイン・フーズさんと仲が良かったんですか？」

「私は当時、海軍のしがない一兵卒だった。よく料理手伝いや雑用を任されていてな、少し彼と話す機会があっただけだよ。あいつは周りと少し違っていた。ただの海藻でしかない昆布一つ一つに、一番、二番、と名前をつけていた」

確かに、わけがわからねぇ……。

「あと、同僚の海兵が使役《しえき》していた従魔に頻繁に餌《えさ》やりをしたり、簡単な料理手伝いならできるように、短期間で仕込んだりもしていた。従魔が良い物しか食べなくなり食費が嵩《かさ》むと、同僚は嘆《なげ》いていたな」

おっさんはその時から分け隔《へだ》てない性格をしていたようだ。

料理の腕もさることながら、教えるのも上手い。

人語を理解できるポチの料理の腕が、ぐんぐん上がっていったのも頷ける。

おっさんのすごさってものを、改めて実感した瞬間だった。

「アォン！」

「おお？　もっと師匠の話を聞きたいのか？」

ポチは興奮しながら、さらに話して欲しいと船長に戯《じゃ》れ付く。

「話してやりたいのも山々だが、私が交流したのはその時だけだからな……他に、料理以外で記憶に残っていることと言えば、異様なまでにメンタルが弱かったり、変な創作料理を海兵たちに振る舞っていたり、というエピソードしかない」

メンタルの弱さは昔からだったか。

変な創作料理は、恐らく珍味なのだろう。

ここまでの話をまとめると、とにかくおっさんすげぇ。

「よし、話もこれくらいにして、クラーケンの解体を総出でやろう」

「オン！」

「うむ、調理は弟子のポチに任せる。トウジ殿もそれで良いだろうか？」

「ええ、どうぞ」

もう好きなようにしてくださいってことだ。

ポチはこうなったら絶対に譲らないから、思うがままにやらせよう。

それが主人の度量ってもんさ。


トガルとギリスを結ぶ海路の真《ま》っ只中《ただなか》で、貿易船五隻が並列となり、丈夫な渡し板とロープでしっかりと固定されていた。

「おっちゃん、串焼き一つ！」

「あいよ！」

「こっちはトガルエール！」

「ほいさ！」

繋がれた甲板の上にいくつもの屋台が立ち並び、酒やジュースの入ったジョッキと美味しそうな食べ物を持った乗客たちで賑《にぎ》わっている。

見るからに異様な光景だ。

「お祭り騒ぎね、とても海の上とは思えないわよ」

「そうだな」

イグニールと二人でベンチに座り、どんちゃん騒ぎする様子を見つつ、そんな会話をする。

俺だって、こんなことになるとは思わなかった。

ポチがクラーケンを使った料理を作り、それを船員たちに与えて食料難を打開するって話だったのに、気づいた時にはお祭りになっていたのである。

「まったく、誰が漏らしたんだか……」

船員たちがクラーケンを食べて飢えを凌《しの》ぐという話が漏れて、一部の珍しい物好きな乗客が、食べてみたいとこぞって押し寄せた結果だった。

まあ、クラーケンなんて滅多に食べられないからな。

そもそも本当に食べられるのか、という物議も巻き起こったが、船員の食料にできるなら問題ないはずだという結論に至ったらしい。

「大掛かりよねぇ……」

船同士を繋ぐ渡し板を見ながら呟くイグニール。

如何《いかん》せん海を隔てている状況、それぞれの船に個別にクラーケン料理を持っていくのは、当然ながら大変だ。

そこで、船をくっつけてしまえ、ということになった。

天気は快晴、波も穏やか。

ある程度のうねりはワルプがかき消してくれるし、船同士がぶつかり合って壊れることも魔物に脅《おびや》かされる心配もない。

甲板の上でみんなで食べるには絶好の機会だし、クラーケンに襲われて色々とストレスを抱えている乗客たちにとっても、良い案だと思う。

俺は青空の下で行われる立食会を想像していた。

ところが――

「トガル土産《みやげ》だぞー！　さあ、こんな貴重な日に買った買った！」

「ギリスで売ろうと思っていたが、今日はお祝い価格セールだ！」

「さあさ、こっちも見てって！　見てってやー！」

甲板でクラーケン立食会の準備をしていたら、乗客の屋台持ちとか露天商が、勝手に店を出し始めた。

甲板で商《あきな》う商人の姿は度々目にしていたから、こういうお祭りの匂いを嗅ぎつけて彼らが動き出すのはわかる。

しかしそれだけでなく、ギリスで商売をしようとしていた連中まで、ここぞとばかりに出張ってきて勝手に営業を始めてしまったのである。

その結果が今のお祭り騒ぎだ。

混乱を避けるために、出店スペースや食事スペースの設営が必要となった。

俺も余計な仕事が増えて、どっと疲れてベンチに座っているのである。

「まあでも、良かったんじゃないの？　これはこれで」

「そうだね」

クラーケンに襲われた乗客たちは、みんな死の恐怖に怯《おび》えていた。

ワシタカくんはあっさり倒してしまったけど、本来ならば、助からないかもしれないと諦《あきら》めるレベルの魔物である。

そんな陰鬱《いんうつ》な気持ちのままでは良くないんだ。

お祭り騒ぎになってみんなの気が晴れるなら、それに越したことはない。

「お兄ちゃん、クラーケンソテー、早く！　もう待ち切れないよ！」

「は、はいはい！」

休憩中だってのに、人手が足りなくて休む暇さえありゃしない。

俺はベンチから立ち上がり、オーダーを受け取ってすぐさまポチに伝えにいく。

「私は白身魚のソテー」

「俺はお造りかなー」

「海鮮丼一つくれや！」

「ちょ、ちょっと待って！　ちょっと待ってくださいね！」

出店がたくさん出ている中でも、ポチの営業する店は人気ナンバーワン。

ひっきりなしにオーダーが入って、忙しくて死にそうだ。

「お姉ちゃん、トガルエールを三つ！」

「えっと、とがるえーるっと、それを三つで良いのかしら？」

「そうだなあ。あとつまみになりそうな、獲れたて鮮魚のお造りの自由盛りに、クラーケンの唐揚げ、うなぎ巻きっていうのと、カニ甲羅《こうら》焼きも頼む！」

「ちょ、ちょっと待って！　私こういう仕事やったことなくて、慣れてないのよ……もう少しゆっくりオーダーしてもらっても良いかしら……？」

イグニールも慣れないながら、ポチの店で接客を手伝ってくれていた。

彼女の頑張る姿を目に焼き付けながらも、俺は単価の高いものをお薦《すす》めしていく。

「お客さん、リバフィンの乾物とかお酒に合いますよ？」

「ん？　いや、クラーケンが食べられれば良いんだけど」

「いなごっぽい虫の佃煮《つくだに》とか、めっちゃ美味しいですよ？」

「いや」

「リザードマンの尻尾《しっぽ》肉とか、めっちゃ最高ですよ？」

「いやその……ま、まあ良いや。兄ちゃんのお薦め全部持ってきてくれや！」

「まいどあり～」

よし、そこそこのオーダーが取れたぞ。

珍味と称してちょろっと単価を上げてあるから、今日はそこそこ稼げそうだ。

この機会に、インベントリに眠っている俺が絶対に食べないであろう食材を、全て吐《は》き出してしまおう。

取っといたままだと、ポチがもったいないと言って、無理やり食べさせてくるからね。

さて、オーダーを受ける側ですらこんなに忙しいってのに、調理を一手に引き受けたポチの方はというと……。

「アォン！」

「そこの人！　ポチが下ごしらえはもう済んだかって聞いてるし！」

「おう！　こっちの下ごしらえは終わったぞポチさん！　ジュノーさん！」

「オン！」

「なら次の分のクラーケンの下ごしらえと、魚の鱗《うろこ》取りだって言ってるし！」

「おうよ！」

「伝説の食事当番の弟子さんよ、俺にも何か指示をくれ！」

「アォーン！」

「大鉄板で十人前のクラーケンソテーを作ってだって！」

「了解だぜ！」

ジュノーを通訳としてそばに置きながら、貿易船の厨房《ちゅうぼう》で働く人たちを取り仕切っていた。

貿易船の乗組員たちは、もともと海軍にいて兵役を終えた人が多く、パインのおっさんの伝説を知っている人ばかりだった。

伝説の食事当番の直弟子ってことで、全員がポチに教えをこうために、こうして手伝いを買って出てくれている。

もはやポチの仕切るこの一角は、出店というよりはレストラン。

甲板一つを贅沢《ぜいたく》に使った、海上レストラン『ポチ』なのである。

「コボルトが指揮を執《と》ってる……料理長的な存在なのか……？」

「なんか、すげぇ光景だな……」

「クラーケン倒して、船くっつけてみんなで食べる日なんて、二度とこねぇぞ」

「確かにそうだな、細かいことは抜きにして、食べて楽しもうぜ！」

「おう！　ってクラーケンうめぇ！　タコは食ったことあるけど、全然ちげぇよ！」

「足の芯の部分が一番うまいってよ！　すげぇなこれ！」

「普通に生きてたら食べられねぇ代物《しろもの》が、こんな値段で食えるなんて……」

「「どか食いしてやるぜえええええええ!!」」

うむ、みんな楽しそうで何よりである。

ポチの料理の前では、何人《なんぴと》たりとも陰鬱な気分にはならないのだ。

パインのおっさんに教えられたのは、料理の技術だけではない。

こうやって人を笑顔にする心意気が、ポチの料理をさらに引き立てるのだ。

「オン！」

「トウジー！　黙って見てないで、早く出来上がった料理持って行けだってー！」

「はいはい！」

うちの料理長は厨房だけではなく、フロアにもしっかり目を光らせている。

あとで怒られないように頑張りますか。

「ねえトウジ、落ち着いたら一緒に他の出店回らない？」

「いいけど、ずっとこのピークが続くと思うよ……」

イグニールのお誘いもありがたいのだけど、テーブルはひっきりなしに埋まっていく。

開店からずっと満席状態だ。

クラーケン料理自体はかなり安くしてるのに、他にもたくさん注文し、テーブルに銀貨三枚置いていく奴もいる。

この船、どっかでポチの料理を食べたことある冒険者《ファン》が乗ってるっぽいぞ。

「トウジ！　イグニール！　喋《しゃべ》ってないで働くしー！」

「わかってるよ！」

またジュノーにドヤされてしまった。

ぐぬぬ、通訳だけで仕事した気になりおってからに。

しかしジュノーのポジションは必要不可欠だ。

致し方ないと納得し、料理を両手に、俺はテーブルへと向かった。

◇　◇　◇

「じゃ、もうしばらくで港に着くと思いますので」

「ああ。帆の修繕も終わったから、ここからは自力で航海可能だ」

甲板で船長とそんな言葉を交わす。

貿易船は、想定よりも少しだけ早くギリスの港町へと到着する見通しだった。

近海まで来れば、魔物に襲われるような心配もない。

俺たちは、そのままギリス首都の拠点へ向かうことにした。

「うちの食事当番たちは、今日もポチのご飯を楽しみにしているのだが、な」

「海地獄とサンダーソールがいたら、周りを驚かせるだけですから」

名残《なごり》惜しそうにしている船長にそれだけ言って、俺はアイマスクをつける。

すでに体はベルトでガチガチに固定されており、離陸間近。

ぶっちゃけ、この状況からやっぱり船に残りますってのは面倒くさいのだ。

「……助けに来てくれた時も思ったが、ロック鳥に乗るのは思った以上に大変なようだな」

「そうですね。人目につかないよう、高度八千メートルくらいを飛びますから」

ベルトがないと落ちたら死ぬ。

優雅《ゆうが》に背中に乗って、なんてことは不可能さ。

「は、八千……？」

「はい」

高度計がないから詳しい数字はわからないけど、ワシタカくんが言ってるからそうだろう。

高ければ高いほど、ワシタカくんは速く飛ぶことができるのだ。

「生身で大丈夫なのか……？」

船長の疑問ももっともだが、装備で酸欠にはならず、寒さも感じない。

「一度ギリスからトガルまで飛んでますから。意外となんとかなるもんですよ」

思い返せば本当に迂闊《うかつ》だったが、俺の体で人体実験は済んでいる。

この世界でかなり弱い存在である俺が、装備を身につけることによって飛んで行けたのだ。

装備というものは本当にチートである。

「空を飛ぶ、か。船から海鳥を見て、その自由さを羨ましく思ったものだ」

「海も自由ですよ」

だから海賊がいる。

彼らも自由を求めて海に出たに違いない。

「確かにそうだが、やはり空の方が自由に思えるのだよ、歳を取るほどにな」

「そうでもないですけどね……」

眼下に広がる壮大な景色には目を見張るけれど、決して自由はない。

俺を見てみろ、これが自由か？

ベルトでガチガチに固定された俺をしっかり見てから言って欲しい。

今後、自由になる可能性を秘めてはいるけどもね。

「実は、私は海軍ではなく、空軍志望だったんだ」

「空軍……？」

「ギリスの騎竜隊という、戦いにおけるエリート集団さ。私は試験に落ちてしまったがね」

「なるほど」

異世界にも飛行機はあったのか、と一瞬驚いてしまった。

そうじゃなくて騎竜か、異世界らしい。

だったら竜騎士も存在しているのだろうか。

ドラゴンナイトって超かっこいい。

「空軍に落ちても海軍に入り、退役してからもこうして貿易船の船長をやっているのは、何のしがらみも存在しない空に、強い憧《あこが》れを持っていたからなのかもしれん。海から見る空は、大きく見ていて飽きないものだ」

「気持ちはわかりますよ」

人間の社会には、常に閉塞感《へいそく》が付きまとうもんだ。

こうして自由を求めるのは、人として当たり前のことなのである。

行き過ぎた行為に及ぶ奴らもいるけど、仕方のないことなのだ。

「随分と達観しているな、トウジ殿は」

「もう三十歳になりますからね」

「いや、まだまだ若いさ。これからだ」

「そうですかね？」

「ああ、そうだとも。そして君には自由を謳歌《おうか》する力がある。さらに、困っている人を見過ごさない良き心も持っている」

「いやあ……ハハハ……」

すごく褒められているが、クラーケンと戦う選択をしたのは俺以外のみんなだ。

寝ていた俺は、なし崩し的に戦いに参加したのである。

日本にいた時の俺は、赤の他人相手に知らぬ存ぜぬを貫いて、関わることもしなかった。

当てはまらないんだよ、船長の評価は。

こうしてよいしょされている時、誰が褒められているのかわからない時がある。

現在の俺と過去の俺は一緒なはずだが、まったく評価が違うんだ。

……いや、深く考えるのはやめておこう。

褒めてもらっているんだから、ありがたく受け取っておこう。

そして、これからも目に届く範囲で、自分にできることがないか、考えることにしようか。

トガルでウィンストに、背負って、考えて、生きろと言った。

みんな色んなことを悩んで、悩み抜いて頑張って生きているんだから、お前もそうしろと伝えたわけである。

言った手前、俺が実行しないわけにもいかないだろう。

「……私も陸に上がったら鳥を飼ってみようか」

考え込んでいると、会話に大きな間が空《あ》いてしまっていた。

気を利かせて会話を繋いでくれた船長に合わせる。

「デカい鳥は、あんまりお薦めできないですけどね」

「ギュアァァ……」

「あっ、ごめんごめん、ワシタカくんを貶《けな》しているわけじゃないからね？」

ワシタカくんは図鑑に戻せば問題ない。

けど、普通の人は巨体の扱いに苦労するだろうよ。

食費もバカにならないだろうし。

「ハッハ、そうだな！　高望みせずに、手軽なものから始めてみるさ」

「愛情はしっかり与えることが重要ですよ」

「もちろんだとも。君のように、従魔を尊重することを心がけよう」

「約束です……じゃ、本当にそろそろ行きますね」

今は船長しかこの場にいないはずだが、多くの人に見られるのは恥ずかしい。

ベルトに括り付けられて、アイマスクをしているんだからな。

そう考えると、今までの真剣な会話がとんでもなくアホっぽく感じてくる。

「トウジ殿、今回の件に関しては、今一度全てを代表して私からお礼を申し上げる。助けてくれてありがとう。この恩は決して忘れない」

もっとも、と船長は付け加える。

「全員が忘れられない掛け替えのない時間にはなったと思うがな」

結局夜まで続いたお祭り騒ぎのことだ。

夜には楽器を弾ける者も出張ってきて、音楽をかき鳴らしながら踊り明かしたのである。

本当に忘れられない楽しい記憶だ。

「またどこかで会うことがあれば、その時もよろしくお願いしますね」

「うむ」

会話が終わったのを確認したワシタカくんが、大きく羽ばたいた。

浮遊感とともに、アイマスクの隙間《すきま》からチラリと見える。

今まで船長しかいなかった甲板に、いつの間にかたくさんの人が出てきており、みんなが俺たちに手を振っている光景だっ――

第二章　ただいまギリス、変革の天ぷら

「起きるし」

「アォン」

「起きなさいトウジ」

「ふあっ⁉」

みんなの声によって起こされる。

貿易船を飛び立ってからものの数時間で、拠点の入り口を設定している、港町と首都との中間にある森へ着いたようだった。

すぐにゴレオを召喚して、イグニールのベルトを外してもらい、ワシタカくんからコレクトにチェンジする。

「ねえ、ここがギリスのトウジの家なの……？」

解放されて一息つくと、イグニールが森の中を見渡しながら言った。

「いや、普通に首都でアパートを借りてるよ」

もう一つ、魚の買い付けが面倒だから、港町にもアパートを借りている。

ギリスでの拠点はこの二つだ。

「じゃあ、なんで森に？」

「あたしのダンジョン自体はここに作ってあるからだし」

「ワシタカくんで街中に戻ってくるのは色々と不味いし、かと言って街から離れた場所に降りたとしても、それはそれで歩いて戻るのが面倒だからね」

森の中に、直接帰れるルートがあった方が非常に楽なのだ。

「なるほどね、ジュノー大活躍じゃないの」

「えへへ？　そうでしょ？　そうでしょ？　もっと褒めるし！」

「はいはい偉い偉い」

「トウジは褒めてくれないし？　褒めないならパンケーキの量を増やすし！」

「はいはい偉い偉い。パンケーキはドア一個増やすごとに追加してやるよ」

今でも際限なくパンケーキを食い散らかしているというのに、これ以上求めて何になる。

まあ、ジュノーの場合は太ることもなく、得たエネルギーはそのままダンジョン内に魔力として蓄積されるから、与えても問題はないけど。

しかし、付け上がらせるととことん付け上がるので、制限は必要なのだ。

「よし、とりあえず行くか」

森の奥地に設けたドアは、目立たない場所の大きな木の幹に、それとなく作ってある。

中に入ると六畳くらいの広さで、内装は特に何もない。

蝋燭《ろうそく》くらいしか置いてない殺風景な部屋を見渡しながらイグニールが問う。

「……ここが、家？」

「いや、ここはただのガレージみたいなもんだよ」

冒険者やゴブリンなどが侵入した場合を考えて、通路に壁を作って、ジュノーがいないと中に入れないようになっているのだ。

「ジュノー、頼む」

「はーい」

ドアを閉めてジュノーが指を鳴らすと、壁がぐにんと歪《ゆが》んで、通路が出現した。

今いる場所は土間なのだが、出現した通路は板間。

ジュノーの個人的な趣味で、ログハウス的な味わいの内装となっている。

「す、すごいわね」

「でしょでしょ？　うへへへ！」

褒められ続け気を良くしたジュノーが、イグニールの手を引いて中へ入っていく。

彼女たちについていくと、再び通路がぐにんと歪んでただの壁になった。

うむ、カモフラージュバッチリだな。

「アォン……」

リビングに向かって廊下を歩く道中、ポチがなんだか浮かない顔をしていた。

「どうした？　って、あ……マイヤーのことか……」

イグニールには先に伝えてあるから、顔を合わせても大丈夫だろう。

マイヤーにはまだ伝えていないが、いきなり女性を連れ込んだら、どんな反応をするだろうか。

イグニールはパーティーメンバーで、拠点を一緒にすれば宿代を浮かせられる。

マイヤーだって行商パートナー。

あくまで俺たちはビジネスライクな関係性なんだから大丈夫……だよな？

修羅場《しゅらば》とか遭遇したことないので、もし最悪の事態になったらどうしよう。

俺が別の家に移り、ここは女性陣が暮らす女子寮という形にすれば上手くいくか？

うむ、その案で行きましょう。

若干の胃痛を覚えながら、ポチの手を引いてリビングに顔を出すと、マイヤーとイグニールが固く握手を交わしている場面だった。

「あんさんが、トウジの冒険者仲間のイグニールさん？」

「ええ、正式なパーティーメンバーになったイグニールよ。呼び捨てでいいわ、よろしくね」

「トウジの行商パートナーのマイヤーや。同じく気を遣わんといてな？　ほな、よろしく」

……よ、良かった。

お互いもう子供じゃないから、誰よあんた、みたいな展開にはならないようである。

そりゃそうだよな？

漫画やアニメの世界みたいな修羅場なんて、現実世界で起こりうるわけがない。

俺は勇者でも主人公でもなんでもない、ただの一般人なのだから。

「クエーッ！」

「コッコッコ！」

マイヤーに抱っこされていたストロング南蛮が、コレクトの姿を確認すると、焦《あせ》ったように飛び降りて駆け寄ってくる。

そして、コレクトと一緒にゴレオの周りをくるくると回って遊び始めた。

「アォン？」

和気藹々《わきあいあい》とした光景だが、ポチだけが首を傾《かし》げていた。

ストロング南蛮、なんで焦ったようにこっちに来たんだ、と思わんばかりの表情。

……不安になるから、やめろそういうの。

「とにかく、挨拶も済んだことだし飯にしようぜ」

「……ォン」

歯切れの悪い返事とともに、ポチは夕食の準備に取り掛かった。

トガルでの土産話をしながら、今日はお酒を飲みましょう。

マイヤー、思うことがあるかもしれないけど、ここは酒で一つ機嫌を直してくれ。


夕食も終わり、リビングでポチが作ったつまみを食べながら、みんなで雑談する時間。

「へ～そんなことがあったん？　とにかく丸く収まってよかったやんなあ？」

「うん」

ワインを飲みつつ、チーズを口に運ぶマイヤーに、トガルで起こったことを一通り話した。

イグニールは元からパーティーに誘うつもりだったこと、冒険者ギルドでの目標だった、ソロとパーティーの両方ともAランクになったこと、などなど。

「送別会に、再会を祝う会……まーたうちだけ呼ばれてへん……」

少しだけ頬を膨《ふく》らますマイヤー。

「まあ、関わりなかったからしゃーないけどなあ」

「ご、ごめん」

だから今、こうして『帰宅が思ったよりも遅くなってごめんなさいマイヤー&ストロング南蛮そしてただいまの会』と『新しくパーティーを組んだ一緒に活動していくことになったイグニールの歓迎会』をしているんだろうが！

「ささ、マイヤーさん今日は解禁日なので、どうぞどうぞ」

「んっ！」

しかし、プリプリ膨れたマイヤーを前に強く出ることもできず、俺はひたすら負い目を感じ、彼女のグラスに高い酒を注《つ》ぎ続けるだけだった。

下手に口論しても、言い負かされる気がする。

ここは一つ、ポチのつまみも今日は豪華になっておりますので、何卒よろしくお願いしますよ、マイヤーさん。

「た、たくさん飲むわね……？」

注いだそばから消えていくグラスの中身に、さすがのイグニールも困惑している。

見た目からは酒豪だと想像できないので、さもありなん。

「当たり前やで！」

くわっと目を見開きながら、マイヤーは訴える。

「トウジがいない間、飲むなよって言われとって、ずっと我慢してたんよ!?」

次によよよと悲しそうな表情になり、彼女は続けた。

「二週間くらいで帰ってくるかと思ってたら……一ヶ月以上かかっとるやん……」

「え？　それまで一口も飲んでなかったの？」

「酒に手が伸びそうになったら、南蛮が喚《わめ》き散らかして突っついてくるんやあ」

「おおっ、南蛮よくやった！」

「コケッ！」

ストロング南蛮は目つきをキリッとさせ、翼を曲げて敬礼する。

俺、やってやりましたよって感じだ。

誇りに思うぞ、ストロング南蛮。主人の健康管理は従魔の役目である。

「こらーっ！　南蛮！　うちが主人やろ！　酒の一滴は血の一滴や！　甘く見ろ！」

酒が回って、だんだんマイヤーがうるさくなってきた。

「お前は主人から血を奪うんか……？」

「コ、コケェ……」

コレクトと遊んでいたストロング南蛮が、バツの悪そうな顔をする。

いいや、ストロング南蛮は何も悪くない。

マイヤーを、主人を肝硬変から救った救世主だ。

「酒が血なわけあるか！　お前飲み過ぎだ、ちょっとは加減をしろ！」

「魔剣作れるトウジに言われたくないわ！」

……確かに。

ごもっともだけどさ、これでも自重《じちょう》してやってるんだよ、こっちはさあ。

この世界の装備が弱過ぎるのがいけないんだ。

「っていうか、魔剣を作るのは別に、体に害はないぞ！」

飲み過ぎは体に悪いから、加減しろと言っているわけである。

「そう思うよな、イグニール？」

そろそろ相手が面倒になってきたので、イグニールに投げることにした。

イグニールを味方にして、マイヤーの禁酒運動を激化させてやるぞ。

酒はたまに飲むのが楽しいのであって、毎日溺れるように飲むのは間違っている。

ネトゲだってなんだってそうだが、ほどほどにってやつだ。

え？　毎日製作に没頭しているお前が言うなって？

俺が毎日製作するのは、日課でもあり、ランク【神匠】に至るために必要なこと。

必要なことなんだ！

「そ、そうねぇ……」

黙って聞いていたイグニールは、急に話を振られて、ややたじろぎながらも答える。

「ほどほどが一番だけど、さすがに好きなものを一ヶ月以上我慢するのはきついわよね？」

えっ、期待していた答えと違うんだが？

「イグ姉はわかってくれるん!?　うちのこの気持ち!!」

「好きなモノを遠ざける気持ちは、よくわかるわよ？」

「あたしもパンケーキ毎日食べたい派だから、マイヤーの味方するし」

えっ!!

大変なことが起こった。

味方だと思っていた連中が、みんなマイヤー側についてしまっている。

「ポ、ポチー！　ポチー！」

絶対的な味方はもうポチしかいないと思って助けを求めると、ポチは俺の叫びをスルーして、せっせとおつまみを量産していた。

従魔としてあるまじき態度だな、主人が助けを求めとるだろうが！

ストロング南蛮を見習えよ！

「ふはははっ！　味方がおらんくなったなトウジ？」

「ぬぐっ」

「酒は一日三リットルから、交渉開始やで」

馬鹿か、三リットルとか馬鹿か。

落とし所を一リットルで考えてそうだけど、交渉単位がリットル単位なのはどうかしてる。

「……どんだけ譲歩しても一日ジョッキ三杯。そして俺が休日だと設定している日だけ、俺と南蛮とポチの管理下で、好きに飲んでいい」

「一日三リットル」

譲歩しろよ。

落とし所を見つける気がさらさらないだろ、こいつ。

「マイヤー聞いて。若い時からお酒を飲み過ぎると、歳を取ってから後悔するわよ？」

見かねたイグニールが介入してくれた。

どちらの味方につくこともなく、第三者の立場で彼女は話す。

「私の知り合いの冒険者に、若くして酒に溺れちゃった人がいるんだけど、もう大変よ？」

「大変って、どんななん？」

「肌がカサカサになって髪もボサボサ、二十五歳を超えたあたりで一気に太り出して……それでも酒をやめないもんだから、ついには手足が震えて、冒険者として活動できなくなったの……」

「ひえっ」

真剣な表情で語るイグニールに、マイヤーの顔色が真っ青になった。

典型的なアルコール依存症だな、それ。

太った要因は、酒のつまみに因《よ》るものだろう。

飲んでるとついつい、つまみを食べ過ぎてしまう経験は誰にでもある。

太らないようにつまみを制限したとしても、空《す》きっ腹に酒はもっと良くない。

「マイヤー、運動はちゃんとしてる？」

「学校行ったあと、店で働いてるけど……」

「少し危ないかもしれないわね」

酒で太る人って基本働いてるから、労働は運動の内には入らないのだ。

「イ、イグ姉！　どうしよ助けて！」

イグニールのなんだかそれっぽい脅《おど》し文句に、酔ったマイヤーは泣きついていた。

「一緒に毎朝、軽い運動でもしましょ？」

抱きつくマイヤーの頭を撫《な》でながら、イグニールは続ける。

「暴飲暴食しても、その分動いて体を丈夫にすれば平気だから」

「イグ姉ええええええ！　ふぇえええええ！」

さすがイグニール、まるで聖母だ。

最初はどうなることかと思ったが、イグニールの大人の余裕によりマイヤー陥落。

「つーか、マイヤーは自然とイグ姉って呼んでるけど、イグニールっていくつなの？」

「え？　トウジはいくつだっけ？」

……あれ？

お互いに首を捻《ひね》るのだが、そういえば歳の話は一切してこなかった。

「うちは二十歳で、トウジはもうすぐ三十歳やね」

「はい、そうです」

ステータスを確認するとまだ二十九歳だが、たぶんそろそろ誕生日を迎える気がする。

この世界に来て、だいぶ時間も経ってるしな。

「……えっ」

俺の歳を聞いたイグニールは驚いていた。

「わかるわー、うちも最初はそんなに違わないと思ってたんよー」

「ええ、てっきり同じくらいかと思ってたわよ。ちなみに私は二十四歳ね」

ほう、イグニールは二十四歳か。

そして冬明けぐらいに誕生日を迎えて、二十五歳になるとのことだった。

ってことは二十、二十五、三十……そんな数字の刻みになるってことか。

なんだかきりの良い数字に、不思議とすっきりとした心地になる。

「歳の話ー？　だったらあたしは……たぶんみんなの四倍くらいだし！」

ダンジョンコアなんだから、長く生きていてもおかしくはない。

というか、人間と比べるな。

「ってことは、つまりあたしが一番年長者ってことだし？　ふははは敬えー！」

「おう、引きこもり様。年長者ならパンケーキはいらないな？　子供のおやつだし」

「プクク、引きこもり様やって、プクククッ！」

「引きこもり様、年長者の余裕としてパンケーキは遠慮しなきゃダメよ？」

マイヤーとイグニールが笑いながら言うと、ジュノーが慌て始めた。

「えっ!?　や、やだしっ！　年長者は食べちゃダメなの!?」

「当たり前だろ、歳を取ったら甘いものより塩《しょ》っぱいものだ」

偏見だけどね。

「だ、だったらやだ！　やだぁー！」

「あ、トウジ」

ジュノーの悲痛な叫びが響く中、マイヤーが急に話を変える。

「そういえば魔剣、売れてたで」

「マジで？」

確か、トガルへ向かう前にマイヤーに預けていた、競売用の品である。

トガル国内のお偉いさんに、それなりの値段で売れたそうだ。

「一つ5000万、二つで1億。諸々《もろもろ》差っ引いたら、トウジに9000万くらい入るで」

「おお！」

それは激アツ。

デプリの隣国であるトガルには、それなりに強くなって欲しいので、ちょうど良かった。

何かあった際に、ギリスまでの防波堤として機能してくれれば、それでよし。

「1億って……アンデッド災害でもらった報酬が安く見えてくるわね……」

横で聞いていたイグニールが、つまみをポリポリ食べながら呆れている。

食べているものがイナゴの佃煮じゃなければ、絵になるのに……なんだかなあ……。

「まあ、魔剣ならこんなもんだよ。前はもっと高く売れたし」

装備の強化費用が馬鹿にならないので、これでもまだ満足できないくらいだ。

1億ケテルなんて、サモンモンスターの等級上げで軽く吹っ飛んでしまう。

それを知っているイグニールは、俺の言葉にはいはいと納得してくれた。

「節約生活は続けていくわけね？」

「ある程度ね。でも、別に節約生活を強《し》いるつもりはないよ」

ギルドで依頼を受けて、魔物を狩ってくるだけで平均以上の稼ぎとなる。

使い過ぎなければ問題なく貯金はできていくのだ。

贅沢は敵ではなく、上手く付き合っていくことが重要なのである。

「節約節約言ってるのは、俺が使い過ぎないようにするための楔《くさび》だよ」

ネトゲでは、テンションに身を任せて破産してしまったこともある。

リアル世界でそれはさすがに不味いので、日頃から言い聞かせてセーブしていた。

「イグニールは、自分の稼ぎは自分で自由に使って良いからね」

「協力するわよ、パーティーだもの」

嬉しい言葉だ。

イグニールをパーティーに誘って良かったと、心の底から思う。

「よしマイヤー、また今月も魔装備を二つだけ流すよ」

「オッケー、うちも儲《もう》かるし、ほんまにトウジさまさまやわぁ」

「売る時は、できるだけ目立たないようにね？」

そこまで強い潜在能力を持った装備を出すつもりはないが、一般人からしたら、十分に貴重な代物である。

少しでも大人しくしておくべきだ。

「そんなん、興味本位で競売行って、高額落札してしまうトウジよりしっかりしとるわ」

「ぬぐ」

返す言葉もない。

小さい頃から行商人として渡り歩いてきたマイヤーには愚問だったようだ。

酒が絡まなければ、俺よりも圧倒的に危機管理ができているので、任せて良いだろう。

「とりあえず、よろしくね」

「任しとき！」

マイヤーはワインの瓶を抱き抱えながら、ポンッと胸を叩いた。

こういう時、本当にマイヤーがいてくれて良かったと思える。

酒癖だけ、なんとかなれば良いのに……。

「他に変わりはないの？　マイヤー」

トガルでのことは大体話したので、次はギリスのことを聞く番だ。

何も変わりはないのが一番だが、マイヤーは言う。

「うーん……そういえば、C．Bファクトリーが経営方針を大きく変えたで」

「ほう」
C．Bファクトリーと言えば、様々な魔導機器を取り扱っており、ポチの使うキッチン用品でめちゃくちゃお世話になった商会だ。
そんな魔導機器の大御所が、いったいどんな方向転換をしたというのか。

「販路を一般向けから、冒険者向けにシフトしたんやって」

「冒険者向けの、便利な魔導機器ってこと？」

「せやせや、携帯用の調理器具に便利な便利なアイテムカバンとか！」

「あいてむかばん……？」

「アイテムボックス持ちのトウジには馴染《なじ》みがないかもしれんけど、四個までアイテムを保管できる、携帯用のアイテムボックスっていう革新的な発明やで！　ほれ、これや！」

アイテムカバンなるものをマイヤーはすでに手に入れているようで、見せてくれた。

ポーチのような形状をしており、マイヤーはそれをひっくり返す。

ガシャガシャバサバサと、筆記用具やノートがポーチからこぼれ落ちた。

筆記用具はともかく、ノートはポーチよりも明らかに大きく、しっかりアイテムボックスとしての機能を備えていることがわかる。

「おー」

「どや？　すごない？　今はしょうもないもんしか入れてないけど、これは革新的やろ！」

「確かにすごいね」

アイテムボックスがなくとも、誰もがリュックを超える容量の荷物を、手軽に持ち歩ける。

四個までという制限があっても、彼女の言う通り革新的だった。

「ねえマイヤー。これって、同じアイテムをひとまとめにして入れられたりするの？」

少し気になることがあったので聞いてみる。

「どういうこと？」

「金貨とかでも四個まで？　金貨十枚をまとめて入れるとかは無理なの？」

「えーと、カバンに入れたものをまたカバンに入れるって形なら、いけたはずやで」

「なるほどね」

そこまで聞いて、合点《がてん》がいった。

これはネトゲに存在していたアイテム、カバンの劣化版である。

カバンとは、アイテムの種類が増えてインベントリのスロット数が足りなくなった時に、決まったカテゴリーのものを入れておくためのサブスロット。

鉱石類とか、薬草類とか、レシピ類とか、種類が嵩張るものを別枠でインベントリ内に保管しておくためのものである。

長いことネトゲで遊んでいると、インベントリ内がアイテムでごちゃごちゃになってしまうから、種類ごとにカバンを分けて整理することで、何がどこにあったか一発でわかるようになり、非常に便利だった。

装備ではないのだけど、プレイヤーの補助要素として、職人技能から製作可能である。

「……なんや、もっと驚くと思ってたんやけど？」

「ああ、多少は驚いてるよ」

でも自分で作れるから別に、って感じ。

それに、装備製作で作ったカバンは最大10スロットまであり、ストック持ちが可能。

いちいちカバンインカバンをしなくても、金貨なら金貨で無限に収納可能なのだ。

「多少はってなんやねん、もっと驚いてや……まあアイテムボックス持ちには無用かあ……」

「マイヤー、これ」

比べたら一目瞭然《いちもくりょうぜん》だな、と思って、10スロットのカバンを作ってマイヤーに渡す。

「なんやこれ？」

「同じ種類の物だったら、まとめて入れられるカバン。種類は十個まで」

「……は？　どういうこと？」

「試しに金貨や銀貨を入れてみなよ。同じ種類だと認識されれば無限に入るから」

マイヤーはポケットから貨幣《かへい》を取り出して、恐る恐る入れた。

「………す、すすす、すげえー！　め、めっちゃ入るやんけこれ！」

がま口タイプのカバンの中に、どんどん吸い込まれていく貨幣たち。

同じ種類をストックして持てるって、やはり最強である。

ちなみにカバンの見た目は、がま口、ポーチ、リュック、アタッシュケースと様々だ。

試しに入れるなら貨幣だろうとのことで、今作ったのはピンクのがま口タイプ。

「トウジ、そんなものまで作れたんだ……？」

はしゃぐマイヤーと呆れるイグニール。

「俺には特に必要なかったからね、その分の素材は装備に回さないと」

「……そっか、そうね。トウジだもんね」

「……？」

聞き捨てならない一言が聞こえたぞ。

確かに整理用には使えるんだけど、いちいちカバンを開くのが面倒くさい。

現状、時折インベントリ内は整理整頓《せいとん》してあるから、カバンに頼る必要はないのだ。

それに、こんなもんを作れると人にバレてしまえば絶対にややこしくなる。

だから作らなかったんだけど、こうして似たようなものが販売されているのなら、別に良いかなと思った。

「うはぁ～、これはええなあ！　ええなあ！」

とにかく、マイヤーも喜んでいるので良しってことにしておこう。

「にしても、冒険者向けの商売か……冒険者はかなり助かるだろうな」

「せやね。普通に買うと結構高いんやけど、使用の感想を報告するだけで、割と安めにゲットできるお試しプランってのがあるらしいから、売れるやろなあ」

「そんなものまで……」

いわゆるモニターってやつだろうか。

使ってみた感じのフィードバックは大切だから、良い案だと思う。

「支払いはギルドがローン組んでくれたりするみたいやから、みんな無理して持っとるで。もっとも、その分少し余分に金を取られるから、うちは一括で買《こ》うたけど」

「へ、へえ……」

冒険者の活動をより快適にするものだとは思うけど、なんだろう。

その日暮らしの連中も多いから、借金地獄とかになる奴もいそうな気がした。

ローンで購入した便利グッズの返済で首が回らなくなり、危険な依頼をよく考えもせずに受けてしまったりして……。

ご利用は計画的に、ってやつだな。

「アルバート商会としても、えらく重要や」

マイヤーが、がま口カバンをパチパチと開けたり閉めたりしながら言う。

「魔導機器がどんどん安価になって、顧客が一気に拡大しとるからな。当然生産する量も増えて、どこの中間業者も原材料の確保にてんてこ舞いになっとんねん」

「なるほど」

「加えて、新たな鉱山が見つかったデプリは、例のアンデッド災害のせいで休業中。トガルの鉱山は、相対的にグッと価値が押し上げられた形やね」

アンデッド災害は収束したが、まともに稼働するまでにはかなりの時間を要するだろう。

マイヤーの口ぶりから察するが、聡明《そうめい》な商会はそのチャンスを逃さないよう、もうすでに動き出しているようだった。

「人の未来は明るい！」

お次は蒸留酒の瓶をドンッとテーブルに置き、マイヤーは叫ぶ。

「急にどうした？　ワイン、もう飲みきったのか……？」

「今は人が気持ちよく話しとるやろ！　聞きや！」

会話がまともになったから酔いも醒《さ》めたのかと思いきや、しっかり酔っていた。

それでも、商売の話はすごくしっかりしており、やはり大商会のご令嬢なだけある。

「と、とりあえず、話続けてどうぞ」

「ほな……ゴホンッ」

咳払《せきばら》いをしながらマイヤーは語り始めた。

勇者召喚とか、魔物の災害とか、ごたごたは未《いま》だにあるものの、それでも人は未来に向かって着実に歩を進めている。

便利になればなるほどに、森に巣食う魔物の脅威《きょうい》は無くなっていく。

「そうして、人の生活圏はどんどん広がっていくのがうちらの未来や！」

あくまで商人的な価値観だけど、人が増えればそれだけ物やお金も増えていく。

その先にある物は、まさに……。

「大商会時代やっ！」

「お、おお……」

なんだその大海賊時代みたいな言い方。

しかし、あながち間違いではないかもな。

俺の元いた世界も、そうやって人が増え続け、経済規模もどんどん拡大していった。

やはりマイヤーは聡明だってことがよくわかる。

二十歳になって間もないのに、そこまで先のことを考えて、夢見て動いているとは、俺が二十歳の頃は何をしていただろうか。

狭い世界に居座ったまま、毎日をなんとなく浪費していただけだった気がする。

「うひひっ、柄《がら》にもなく語ってもうた」

恥ずかしくなったのか、マイヤーは苦笑いしながら頭を掻いた。

「そんなことない。夢を語れるって、とても幸せなことだと思うよ」

「魔導機器産業への投資に関しては、うちが好きにやってみろって言われとるんよ。だからちょっち、気合《きあい》入ってもうてん」

「そうなんだ？　かなりの大仕事だね」

「なはは。そのために、ギリスの学校にまで勉強に来とるんやから、存分にやったるわ！」

ってことは、マイヤーは今が頑張り時なのかな。

彼女が野望に燃えるほど、業界は変革期に入っているのかもしれない。

イグニールに話した俺の秘密——召喚された異世界人であるということを、この機会にマイヤーにも話しておこうかとも思ったが、忙しそうだから控えておくべきだろう。

できる限り、彼女の邪魔はしたくない。

「ふぁぁ～、おっとっと……」

話すだけ話して少しふらつくマイヤーは、かなり酔いが回ってそうだった。

「大丈夫か？」

「大丈夫か？」

転びそうだったので、イグニールと一緒に支えてあげる。

「あれぇ？　もっといけるはずなんやけど、久しぶりやから回るの早いわぁ」

一ヶ月以上禁酒していたのなら、回るのが早くても仕方がない。

もう今日はこの辺が潮時だろう。

「風呂に入ってゆっくりしなよ」

「うん、そうするわ～」

「イグニール、こいつを入れてやってくれ。風呂で溺れかねない」

「了解、じゃあマイヤー行きましょ？」

「あたしも行くし！」

イグニールとジュノーは、ふらつくマイヤーを連れて風呂へと向かった。

俺も酒はこの辺にしておくか。

「オン」

「ありがとう、ポチ」

タイミング良く出された水を飲みながら、散らかったテーブルの上を片付けていく。

それにしても、冒険者向けの魔導機器か。

フィードバックする仕組みも面白い。

今より魔導機器が広まるならば、飛行船計画も加速するかもしれないし、良い傾向だ。

明日は朝からギルドに帰宅報告をして、昼にオスローのところへ行ってみようか。

◇　◇　◇

酒盛りの翌日、俺は久々に、ダンジョンの無限採掘場へ来ていた。

「ジュノー、ウーツを頼む」

「ふぁぁぁい」

俺のフードの中で寝ぼけているジュノーに、新しく手に入れた鉱石の追加を頼む。

ヒヒイロカネの材料が、ちまちまと揃《そろ》いつつある。

生成コストの悪さが、この無限採掘場でほぼゼロになるのは本当にありがたい。

ゴレオの特殊能力のおかげで、ライデンの折れた刀を作り直す必要はなくなった。

しかしヒヒイロカネは、今後装備を作る上で、かなり重要な要素になってくると予想している。

オリハルコン、アダマンタイト、その他希少鉱石の混ぜ合わせ。

超絶スーパー合金のようなものなのだから、その強さは計り知れなかった。

「よし、クイック採掘終わり！　次は浄水の泉か」

色んなことを考えながら、朝の日課をこなしていく。

この後もオスローの元へ向かったり、ライデンに刀を返しに行ったり、やることは色々ある。

前の人生とは比べものにならないほどの忙しさだった。

「俺は泉に水を追加するから、ゴレオは収穫しといてくれ」

「……」

コクリと頷いたゴレオは、ドッスドッスとスキップしながら向かっていた。

久しぶりの浄水の泉にルンルン気分らしい。

ゴレオが薬草類を収穫し、種とそれ以外に分けていく。

「水、だいぶ少なくなっちゃったし」

「足せば問題ないよ」

俺は少なくなった池の水を、魔導キッチンの蛇口からホースで注ぎ足し始めた。

そして、ゴレオが収穫した後に散らばった薬草類のドロップアイテムを、足で突っついてインベントリに回収していく。

アンデッド災害の時に大盤振る舞いしたおかげで、浄水の泉の水嵩はかなり減っていた。

でも俺はレシピから浄水を作れるので、別になくなっても問題ないのだ。

こうして元の水位に戻している理由は、ダンジョン内で魔力を循環させるためである。

「……よし、こんなもんか」

ゴレオが分けてくれた薬草類も、全てインベントリに収納した。

そろそろ朝食の時間なので、リビングに戻ることにしよう。


「おはよーさん……あー、頭いたぁ……」

寝癖ぼさぼさのまま、ストロング南蛮を小脇に抱えて自分の席に座り、眉間《みけん》にシワを寄せながら頭を押さえるマイヤー。

「おはようマイヤー。あれだけ飲めばそうなるわよ……はいお水」

イグニールは、そんな彼女の姿に溜息をつきながらも水を渡している。

しっかりお姉さん役をしてくれているようだった。

「おおきにイグ姉……」

マイヤーはラフな格好だけど、イグニールはいつも通りギルドに向かう時の服装で、実に隙がない。

ここは安全だから、もう少しリラックスした格好でも良いんだけど。

冒険者としての性《さが》なのだろうか。

「おはようトウジ、今日はどうするのかしら？」

「おはよ。ギルドに帰還の報告をした後、そっから別件の用事」

「別件？　つまり依頼じゃないってこと？」

「うん、ワシタカくんに引かせる飛行船を作る計画があってね」

「ひこう、せん……？」

「ああ、空を飛ぶ船ってことだよ。いつまでも脚に縛りつけるのは良くないし」

「なるほど……そうね、それは確かに良くない。大事なことよね、うん」

なんだか含みを持たせたような頷き方だが、納得してくれたってことで良しとする。

「飛行船に必要な素材とかも多々あるから、それを聞いたあと、ギルドで依頼を受ける予定だよ」

「ついていっても良い？」

「どっちでも良いよ。渡すもの渡して、進捗《しんちょく》を話すだけで、面白いことは何もないけど」

「ならついていく。森から直接あなたの家に来て、この街のことがわからないから」

「了解」

だったら、今日のうちに案内できるところはしてしまおう。

俺もまだ、そこまで詳しくないけどね。

「うちも学校と仕事がなかったら一緒に行きたかったなあ」

「ならマイヤーが休みの日に、みんなで出かけようか」

マイヤーを仲間外れにするつもりは一切ない。

しかし冒険者とは生活スタイルが違い過ぎて、時間が合わないことが多いのだ。

無理にでも俺が時間を合わせて、コミュニケーションを取っておこう。

一緒に生活を送る仲間なのだから、変に不和が出ないように気をつけてなきゃね。

「こらっマイヤー、制服のスカート！」

「ああっ！　危ない危ない、タイツだけで出て行くところやった……助かるわあ。イグ姉、まるでおかんみたいやね？」

「もう、二十歳なんだからちゃんとしなさいよ」

うむ。良い関係性だ。

会話の内容にやや悶々《もんもん》としながらも、俺も準備を終えたのでみんなで家を出る。

「ほな南蛮、今日も元気にかましてくるわあ」

「コケッ！」

お見送り役のストロング南蛮の姿がすごく懐かしい。

そんな光景を見て思う。

ああ、帰ってきたんだな、ギリスに。

◇　◇　◇

学校へ向かうマイヤーと別れた後、冒険者ギルドへと赴《おもむ》き、諸々の報告を行った。

その後のことである。

「そういえばトウジ、覚えてるかしら？」

ポチを抱えて街を歩いていると、急にイグニールがそんな質問を投げかけた。

「ん？　覚えているか、とは？」

「ウィンストと初めて戦った時、私と一緒にいた女の子のことよ。名前はローディ」

「ああ、いたね」

魔石の買い付けで、ギリスからサルトまで来ていた研究者の女性である。

危ないところを助けたけど、その後はイグニールに全て任せていたから、すっかり忘れていた。

どうにかこうにか記憶を辿るが、イグニールにすごく懐いていたことしか覚えていない。

「その子がどうしたの？」

「今ね、ギリスの小さな研究所にいるらしいわよ？」

「連絡取り合ってたんだ？」

「ええ、手紙でちょっとした近況報告をもらっただけなんだけどね」

聞けば、俺が颯爽《さっそう》とギリスへ向かったあと、やっとこさトラウマから立ち直ったローディも、ギリスへ帰ることになったそうだ。

律儀なことに、イグニールは途中まで護衛として、一緒について行ってあげたらしい。

「一緒にギリスに行こうって誘われたんだけど、どうしてもサルトでAランクになりたかったから断っちゃったのよね」

「なら、久々に顔を見せたら驚かれるかもね」

「うん、すごく会いたいって手紙に書いてたから、時間を見つけて訪ねてみる」

一種のサプライズだから、きっとローディも喜ぶだろう。

この世界には、電話も電子メールも存在しない。

魔物の脅威でいつ死ぬかもわからないので、会える時に会っておくことが重要なのだ。

「ほら見て、すごい熱意でしょ？」

「ん？」

自分のリュックから手紙を取り出して、自慢げに見せてくれるイグニール。

俺と同じで、イグニールも地味に友達が少ないから嬉しいんだね。

見せられた手紙を読んでみる。

《お姉様がギリスに一緒に来てくださらないと言ってから、はや二週間の月日が経ち、私もようやくギリスの職場に戻ることができました。それもこれも、あの時お姉様が私を支えてくださったおかげです。早くお姉様に会いたいです。もし出張があればお姉様の元を訪ねたいと思っているのですが、やっぱりまだ外に出るのが怖くもあります。でもそれでもお姉様に会いたい、会いたい会いたいという気持ちが日に日に膨らんでいって、もうどうにかなってしまいそうな毎日です。私の愛するお姉様、頑張って働いてお金を貯めます。ギリスまでの旅費を全て負担しますし、街の案内も全て私持ちでやりますので会いに来てくださいお願いします。ああ、お姉様に会いたい。会いたい会いたい会いたい会いたい会いたい会いたい会いたい会いたい会いたい会いたい会いたい会いたい会いたい会いたい会いたい会いたい会いたい会いたい会いたい。会いたいよお姉様、会いたい会いたい会いたい会いたい》

……げえっ⁉

手紙を読みながら、顔が引き攣ってしまった。

これ、やばいだろ。ややや、やべぇだろ！

「た、確かにすごい熱意だな……？」

熱意と称して良いのだろうか、この文面。

もはや狂信的というか、なんというか、おかしいのは確かである。

「心に大きな傷を負っちゃってたから心配よねえ、今でもつらそうよ」

「ああ、うん……？」

果たして本当につらいのだろうか、これは。

チラッと外に出るのが怖いと書いてあるが、本当にチラッと一言のみである。

文章の八割くらいが「会いたい」じゃね？

これをイグニールはどう捉《とら》えているのか、そこが問題だ。

「な、なんか大変そうだね……？」

「そうね。またお話したり、ご飯食べたり、一緒にお風呂に入ったり、添い寝してあげたりしないと、落ち着けないままなのかしら？」

「そ、そんなことしてたんだ？」

そこまでするのは、アフターケアの範疇を超えているような気がする。

「やっぱり私たち冒険者とは違って、人の生き死にに慣れてないから仕方ないわよ」

「お、おう……」

まったく手がかかるわね、と言いながらも、世話する気満々のイグニールに辟易《へきえき》とした。

もはや別の病である。

アンデッドに襲われたトラウマがつらいのではなく、今はイグニールに会えないのがつらい。

この文面からだと、そうとしか捉えられない。

だがイグニールの姉御肌《あねごはだ》は、これを手のかかる子供的な意味で捉えているっぽかった。

「仕方ない子なんだから」

手紙を大事そうにリュックにしまい、ウキウキしているイグニール。

元々、友達のために形見の杖《つえ》を質に出すレベルのお人好しだ。

イグニール関連のゴタゴタは、彼女自身にも原因があると言っても過言ではない。

……恐ろしい、聖母を拗《こじ》らせるとこうなるのか。

「ポチ、どう思う？」

イグニールを尻目《しりめ》に、ポチに話題を振る。

俺一人で抱え込むのは無理案件なので、ポチにもお裾分《すそわ》けだ。

「アオン」

「こっちに振るなだって？　そんなこと言ってもダメだぞ？」

俺とサモンモンスターたちは運命共同体。

俺の問題はみんなの問題でもあるのだ。

「図鑑の連中も聞いてるだろ、今すぐに対策会議を開いて欲しい」

ていうか、お願い。

この手紙を書いたローディという人物は危険だ。

もし今この場をローディが見ていたとする。

そしたら俺はどう見える？

絶対にあらぬ勘違いをされ、とんでもない展開になることが必死だ。

「アォン」

「クエッ」

抱っこしたポチと、後ろを歩くゴレオの頭に乗ったコレクトが、何か話している。

「え、何？　何か妙案でも思いついた？」

「ゴーレムマニアだから何も問題ないだろ、だってさ。ふああ、ところで何の話だし？」

今の今まで俺のフードで寝息を立てていたジュノーが起きて、通訳してくれた。

確かにゴーレムマニアで通用したら良いのだけど、ギリスでもそのように周知されてしまうのはちょっと……せっかく落ち着きを取り戻しているのに。

「ねえ、やっぱりチーズをお土産にするのはありふれてるかしら？」

「え？　あ、ああ、まあここはギリスだしね……ははは……」

「うーん。これといってトガルから持って来てるものはないし、どうしましょ?」

「ほ、本人が会いたいなら顔見せだけで十分だと思うよ?」

「そうね。お話する時につまめるようなお茶とお菓子にしておこうかしら」

流れが不味い。

防犯上、家を教えるなとイグニールに強く言っていたとしても、意味がないはずだ。

こういう手合いは絶対にイグニールの家を調べる。

来て、マーキングしていくはずだ。

その瞬間、俺が住んでいることもバレて、嫉妬《しっと》で刺されるルート直行である。

……会うのはやめた方がいいと言うべきか。

いや、言ったら俺が嫌な奴になってしまう。

「……た、助けてポチ」

「オン」

知らん、自分で考えろ、とそっぽを向いてしまうポチだった。

ちくしょう!

主人が今世紀最大の危機に直面しているんだぞ、ストロング南蛮を見習え。

「あっ、トウジ。ここがそのオスローさんのいる学校でしょ? 着いたわよ?」

「あっはい、そうですね」

「……なんで敬語？」

「い、いやなんでもない。とりあえず中に入ろうか……」

◇◇◇

ライデンも通うソレイル王立総合学院。
受付にて入場許可をもらい、オスローの研究室へと向かう。
「なんだか手馴《てな》れてるわね」
「ちょくちょく顔を出してたからね」
ライデンが巻き込まれたトラブルの一件もあり、俺の顔は学院でも知られていた。
久しぶりですね、的な会釈《えしゃく》に、俺も会釈で返しながら進んでいく。
かなり大きな校舎を複数持つ、ソレイル王立総合学院の東区域の別館三階。
そこにオスローの研究室があり、彼女が毎日を過ごしている。
前に来た時はかなり散らかっており、ポチとゴレオに叱《しか》られていたことを覚えている。
俺が言っても聞かないが、ポチが言うと素直に掃除するのが、オスローという女だ。
最後に会ったのが約一ヶ月半前なので、きっと元の有様に戻っているだろう。
でも大概の人間が、まめに掃除をするタイプじゃないよな？

人が来るというイベントがない限り、俺だって自分の机は汚かった記憶がある。

「名前はちらほら聞いていたけど、オスローっていったいどういう人なのかしら？」

「変人だよ、会えばわかる」

逆に言えば、会わないとわからない。

変わっているという印象が強いのだが、話を聞けば聞くほどに、空にかける情熱が人一倍ある、すごい研究者だとわかった。

出会いは、ストーキング騒動だった。

こうも懐かしいと思えるのは、サルトで過ごした時間が長かったせいだろうかね。

「オスローは、俺らに快適な空の旅を与えてくれるよ」

「私は途中で慣れたから平気だけど、トウジには必要なことよねぇ」

「え、もう慣れたんだ？」

空から景色を眺める余裕もあったらしい。さすがはイグニール。

「俺も慣れるまでに時間かかったのに、順応性高いね」

「いや、あんたは慣れてないわよ」

「……？」

何を言っているんだ、イグニールは。

慣れているからこそ、寝られるんじゃないか。

寝て起きたら目的地に着いているって、非常に効率が良い。

眠って疲れが取れるわけではないのだが、それは締め付けられてるからだろう。

「……トウジさ、前々から言ってるけど」

「ジュノー、もういいのよ」

何か言おうとしたジュノーを、イグニールが止めた。

「下手に告げるより、このままの方が本人の負担にもならないから」

「ええー。でもはっきりさせておかないと悶々とするし……」

何その感じ、めちゃくちゃ気になる。

「俺が寝てる間に、何か面白いことでもあったの？」

「いや何でもないのよ。ジュノーと二人で景色を見て楽しんでただけだから」

「そっか」

楽しめているなら何よりだ。

俺も体が強制的に睡眠を求めなければ、少しは景色を楽しめるのかもしれない。

でも、空を飛ぶと勝手に眠ってしまうんだ。

意識がふっとなくなって、気がついたら地上に降りている。

……これ、寝てるよね？

寝てますか？　寝てますよね、俺？

「……あのさ、寝てる時の俺ってどんな顔してる？」

「えっとねー、白目剥《む》いて——」

「——はいはい、とりあえずやることを先に済ませましょ？　これが終わったら街を案内してもらうからね」

「オッケー。ちょっと他にも色々と調べたいこともあるし、さっさと終わらせてしまおう」

調べ物とは、トガル南方にある国、タリアスのダンジョンだ。

何故、そんな遠いところのダンジョンを調べるのかというと、そろそろバニラが尽きるからである。

ポチもデザートにはバニラが必要不可欠だと言うし、ジュノーが、ないと死ぬんじゃないかってくらいのバニラ中毒に陥っていた。

是が非にでもバニラを確保しに向かわないといけない。

俺だって欲しい、人生に甘味は必要なのだよ。

遠方への移動手段として、飛行船計画は早め早めに進めていくべきだ。

「よし、ここだ」

オスローの研究室の前に着いたので、ドアをノックする。

……反応はない。

「オスロー？　いるかー？」

反応がないってことは、寝ているのだろうか。

昼夜関係なく研究に没頭するタイプ故《ゆえ》に、あり得る話である。

だが、しばらく待っても起きてくる様子はなかった。

「いないのかしら？」

「いなくても、中に入って待ってたらいいさ」

その辺をほっつき歩いている可能性もあるんだ。

下手に探してすれ違うよりも、大人しく研究室で待っていた方が得策だろう。

こういう時、俺は迷わず動かない選択をするタイプだ。

楽な選択肢があるなら、もちろん楽な方を選ぶ。

なんだか悲しくなってきたので、さっさと研究室へ入った。

「……ん？　やけに片付いているな？」

ドアを開けると、想像していた状況とはだいぶ違っていた。

山積みの本とか、書類の絨毯《じゅうたん》とか、その中央で雑魚寝《ざこね》するオスローとか。

そんなものは一切ない。

「アォン……？」

ポチも首を傾げている。

「聞いていた話より、随分とスッキリしてるわね？」

「っていうか、生活感全然ないし」

確かにと、キョロキョロ部屋の中を飛び回るジュノーの言葉に頷く俺。

片付けられているとか、そんな次元の話ではなく、本当に何もなかった。

「部屋を変えたとか?」

「私に聞かれてもわかるわけないでしょ」

「だよな」

「一応、学院内の人に聞いてみるのはどうかしら?」

「そうするか」

飛行船はかなり大きなものを作る予定だった。

十畳ほどの研究室では手狭だろう。

どこか広い場所に研究スペースを移した可能性があった。

何かあればギルドに伝えておいてくれと言っていたのだが、研究以外には可愛いものしか興味のないオスローである。

期待するだけ無駄だった。

「学院内の誰に聞けばいいんだっけな、こういう時」

用務員で良いのだろうかと思っていると、不意にドアがガチャリと開く。

「——あれ? ト、トウジさん?」

「ん？」

ドアから姿を現したのは、たくさんの資料が入った箱を抱えたライデンだった。

「ライデン、どうしたんだ？」

「いつ帰ってきたんですか？」

……質問が交錯《こうさく》したから、俺が先に答えるか。

「昨日だよ」

「ギルドのエリナさんから、トガルに遠征依頼に出かけたと聞いていたので、心配していました。ご無事で何よりです」

「ありがとう」

このライデンの品行方正な受け答えも久々だ。

少し見ない間に顔つきが落ち着いて、凛々《りり》しくなったような気がする。

子供の成長って早いね。

「トウジさん、どうぞ」

「あ、うん」

ちょうど良い。ライデンに聞いておくか。

「オスローに用事があって来たんだ。ここ、オスローの研究室だったはずなんだけど……」

「オスロー？　それってオスロー・ブリンド先輩ですか？」

「うん、たぶん」

ライデンが何か知っているような反応をする。

良かった、これで変に聞いて回る必要がなくなった。

案内役としてライデンを雇おう。

「わああ！　学院で唯一、研究の自由が許されている魔導機器の天才とお知り合いだったなんて、トウジさんすごいですね！」

「え？　そうなの？」

「C．Bファクトリーを創設したアーティファクト研究の第一人者、カルロ・ブリンド氏のお孫さんですよ！　その才能は父親をすでに追い越し、商会を継ぐことが有望視、いや確定していると噂されるほどの有名人です！」

キラキラとした表情で語るライデン。

若いのに大胆な計画を考えているな、とは思っていたのだけど……あのパンダ女、そんなにすごい奴だったのか。

「学院でも孤高というか、常に高みに存在していて、憧れちゃいますよね」

うっとりしているライデンには悪いが、たぶんオスローに友達がいないだけだぞ、それ。

実際に会うとわかる。

「魔剣や魔装備に関して色々と尋ねようと思ったんですが、興味がないと一蹴《いっしゅう》されてしまった覚えがあります」

「まあ、そうだろうな」

空にしか興味がないんだから。

まだまだ憧れの先輩について語り足りなそうなライデンを一度止めて、話を戻す。

「とにかく、オスローに用事があってここに立ち寄ったんだけど、いないんだよね」

ガラリとしてしまった研究室に目を向けながら話を続ける。

「今どこで研究してるのか、ライデンは知ってる？」

「え、オスロー先輩、つい一週間前に退学したそうですよ？」

「……は？」

退学？　それはマジか？

「噂では家庭の事情だそうです。商会の仕事でしょうかね？」

「えぇー」

急展開である。

だったらギルドに伝言を残しておいて欲しいのだが、そんなもんは一切なかった。

飛行船のことにしか興味はなくても、連絡くらいは入れるのが筋だろうに。

「まじかあー」

「家庭の事情なら仕方ないんじゃない？　まだ学生だし」

「だよなあ……」

飛行船、道半ばで頓挫《とんざ》してしまうのだろうか。

うーん、どうしよう。

他に研究者の伝手《つて》ってあったかな……と、イグニールの顔を見ていたら思い出した。

「……なによ？」

ローディ、研究者だった。

あまり大きくはないけど、ギリスにある研究所で働いている。

「だから、何よ」

「いや、ないない」

すぐに頭を振って思考を切り替える。

なしだ、なし。

「ないって何よ。いきなり失礼じゃないのそれ」

「あ、ごめんごめん」

イグニールに言ったつもりではないのだ。

ただ、ローディはダメだ。

ダメって言ったらダメで、たとえ世界がどうなろうが、この決定は変わらない。

「ふーん……まあいいわ。それよりトウジ。学院の人に、何か伝言とか残してあるんじゃないかしら？」

「そうだね。その可能性もあるから、ちょっと聞きに行ってみようか」

イグニールの言う通り、まだ希望を捨てない方向にシフトする。

「だったら、この用事が終わったあとで僕が案内しますよ！」

「助かるよ、ライデン」

「とりあえず現状ですけど、この部屋は予備の資料室になってます」

それで、資料を運ぶ手伝いを任されていたそうだ。

「了解。そうだライデン、あとで時間取れる？」

「取り急ぎ案内したあと、授業に向かわないといけないので、お昼頃まで待っていただけたら時間取れます」

「それでよろしく」

「ちなみにどんな用ですか？」

「刀の修復が終わったから、それを渡したいだけだよ」

「えっ！　本当ですか！　あいたっ!!」

かなり驚いたのか、抱えていた箱を足に落としてしまうライデン。

すごく痛そうだった。

ポチとゴレオが散らばった資料を手早く片付け、旧オスローの研究室の片隅に置いた。

「す、すいません」

「アォン」

「……！」

気にするな、サムズアップするポチとゴレオは、完全に保護者気取りだ。

ライデンも部屋が散らかるタイプなので、二人がよく面倒を見ている。

……俺の周りって世話焼き好きが多いな、なんでだろう？

「とにかく授業まで時間がないので、さっさとやっちゃいましょう！」

「あいよ」

◇　◇　◇

その後、ライデンが頼まれていた資料運びをちゃちゃっと手伝い、伝言の確認も終わらせて、俺たちは研究室へと戻って来た。

「探検したーい！」

「色々と話がややこしくなるから却下だ」

俺はジュノーの提案をすぐに否定する。

俺だって気になるから、学院を色々と見て回りたいのだけど、部外者が廊下をフラフラしていてもロクなことにはならない。

あと一時間ほど待てば昼休みになるので、大人しく待っておく方が良いだろう。

「えー、暇だし！　つまんないし！」

「うっさいなあ……ポチ頼む」

「オン」

年長者が駄々を捏《こ》ね始めたので、黙らせるためにポチを起用した。

せっかく片付けられて広々としているんだから、魔導キッチンをででんと配置して、俺たちの昼飯がてら、ジュノーを黙らせるパンケーキを作ってもらおう。

そして、ライデンも交えてみんなで昼食と行こうではないか。

「ポチ！　今日の出来立てパンケーキには、バニラクリーム大盛りを所望するし！」

「アォン」

「えー！　もう数が少ないからダメだし!?　そ、そんなあー!!」

ガビーンと頬を抱えて、ショックを隠しきれないパンケーキ師匠。

残り少ないんだから、大切に食べろよ。

「結局、オスローさんが何で退学したのかは教えてくれなかったわね」

カシャカシャとポチが生地《きじ》を作る音が響く部屋で、その様子をぼーっと見つめながらイグニールが呟いた。

「そうだな」

ここへ戻って来る前に、学院の事務にオスローのことを尋ねてみた。

色々と研究に協力していたんですが、俺に何か伝言などはありませんか、と。

しかし、結果は芳《かんば》しくなかった。

学院側もいきなりのことで、引き止める間もなく、書面で退学する旨が届いたらしい。

「……不可解ね、色々と」

このすっからかんの部屋も、知らないうちにこうなっていたらしい。

オスローの汚れた研究室には学院側も手を焼いていた。

そこで、退学するなら私物は引き払って欲しいと、確認のために研究室を訪れた時には、すでに荷物は全てなくなっていた。

学院の備品のみが残されて、オスローが研究していたものの一切合切が、綺麗《きれい》さっぱりと消えてしまっていたそうである。

「嫌な予感がするわ」

「不吉なこと言うなよイグニール。家庭の事情なら仕方ないって」

悪い方に考えても仕方がない。
C．Bファクトリーの印がついた飛行船の設計図を、どうやら持ち出していたようだが、盗んだのがバレたとしても、ライデンの話を聞くに、身内の商会である。

悪いようにはならないだろうさ。

「はあ、飛行船の計画はどうなることやら……」

帰って来たら優先的に取り掛かろうと思っていたのに、なんだかついてない。

人生上手くいかないのはいつものことか。

悶々としたまま座っているのも癪《しゃく》なので、暇つぶしがてら備品を見ていく。

本棚に並べられた本には、アーティファクト研究や魔導機器の歴史が書かれていた。

理解できるわけもなく、適当にペラペラめくって流し読みしていると、コレクトが俺の頭の上に飛んできて鳴いた。

「クェ」

「どうした？」

「クエッ」

頭をくいっと伸ばして、俺の視線より少し上に位置する本を突っつく。

「これ？　これがどうした？」

「クェ」

その本を取れとのことなので、素直に手に取ってみた。

「古代の遺物。著カルロ・ブリンド……オスローの爺《じい》さんの本か、これ」

アーティファクト研究の第一人者だから、本くらい出してるか。

アーティファクトは過去の賢者が作り出した物だとか、もっと昔から存在しているような謎めいた伝承も伝わっているとか、そんなことが書かれている。

ページをめくってみると、何やら紙切れがこぼれ落ちた。

「ん？　なんだこれ？」

「クエックエッ！」

急にうるさくなるコレクト。

どうやらこの紙切れが気になっているようだ。

「はいはい、拾うよ」

《拝啓、同志よ》

……ん？

紙切れに文字が書いてあり、その下に《オスローより》とあった。

「こ、これは……」

オスローからのメッセージだった。

同志というのは、きっと俺のことなのだろう。

個人名を出すと見つかった時に色々と面倒だから、気を利かせてくれているのだ。

あと、たぶんあいつ、俺以外に友達いない。

《もし君がこのメッセージを読んでいるとしたら、私はすでに君の前から忽然《こつぜん》と姿を消しているのだろう。だが安心して欲しい。飛行船計画がバレたとか、頓挫したわけではない。契約を交わしたのだから、責任は果たそうと思っている。ただ状況が悪い。色々と記載しておきたいのだが、どうにも時間が足りないので簡潔に記載する。君は冒険者だったな、C．Bファクトリーの冒険者向けの製品には手を出さない方が良い。それだけ伝えておく。私は今、姿を眩《くら》ませているが無事だ。死ぬようなこともないので安心すること》

裏面に、小さな文字でびっしりとそう書いてあった。

「C．Bファクトリーの冒険者向けの製品には手を出さない方が良い……？」

どういうことだ。

身内だから、何かとんでもない裏事情が隠されていることに気が付いたのだろうか。

うーん、わからん。

「ねえトウジ。さっきからボソボソ呟いてどうしたの？」

イグニールが近づいて来て、俺の肩越しに顔を覗《のぞ》かせてメモ書きを読む。

「これは……」

「オスローの伝言っぽい」

「なんだか、面倒なことに巻き込まれてるのかしら？」

「文脈的にはそんな感じがする」

安心して欲しいと書いてあるが、果たして本当なのだろうか。

断言してあるからには、そのまま捉えた方が良いかもだけど……。

嘘をつく事はないが、彼女は捻った言い方をするからね。

「どうするの？」

「うん、どうするし？」

パンケーキをもぐもぐしながら、ジュノーも会話に混ざる。

「どうするもこうするもなあ……」

情報量がちょっと足りない。

飛行船計画は頓挫させないという意思は伝わって来るのだが、状況が悪いという。

大人しく待つべきか、探しに行くべきか。

「でもさすがに、この安心して欲しいって言葉は信用ならないわよ？」

「まあね」

マイヤー経由で、C．Bファクトリーに探りを入れてみるのも良いだろう。

原材料の取引先でもあるのだから、何かしらの情報を得られるはずだ。

「すいません！　お待たせしました！」

その時、ライデンが慌てた様子で部屋に駆け込んできた。

「ああ、いいよいいよ。ちょうど準備できたところだし」

「へ……？　こ、これは……？」

息を整えて顔を上げたライデンは固まる。

目の前に、ポチによって用意された豪華な昼食が並んでいたからだ。

「お昼は食べた？」

「いえ、まだですけど……」

「オッケー」

メイドゴレオと化したゴレオが、ライデンの椅子を引く。

にこやかな表情を作り、座れとジェスチャーしていた。

「ど、どうも……」

「まあ食べながら話そうよ」

「は、はい……いただきます……」

未だについて来れないライデンだが、律儀に手を合わせるところは育ちが良い。

今日の献立《こんだて》は、クラーケンの天ぷらがメインの天丼である。

その他、白身魚、カニ、うなぎ、山菜の天ぷらも入った、海と山の幸盛り沢山の、スペシャル天丼だ。

育ち盛りのライデンのために、普通の天ぷらも用意されており、まさに天ぷら尽くし！

俺は最近、油ものがキツいなと思い始めているので、たんとお食べや、ライデンくん。

まあ残ってもマイヤーの酒のつまみになるだろう。

「この料理は……」

天つゆのかかった天ぷらをサクッと一口食べて、ライデンは目を丸くした。

「まさか、天ぷら！」

「お、知ってるの？」

「はい、ヒラガ家の祖であるライチが、こよなく愛した料理です！」

「へ、へぇー……」

遠い昔に異世界に来た召喚者は、なんと天ぷらが好物だったらしい。

平賀と聞けばうなぎを想像するけども、ライデンの祖は源内《げんない》じゃないからな。

「家に伝わる料理なら見知った味じゃないの？」

そんなに驚くことがあるのだろうか。

「いえ、小さい頃に一度食べたことあるだけですからね」

天ぷらをサクサクとかじっては、天つゆのかかった白米を掻き込むライデン。

良い食べっぷりだ。

この調子ならば、余ることもなさそうである。

「実家の人たちは、まったく料理に関心がないんです。ライチの残した奥義書以外には興味がなく、こうした料理などの書物は蔵の中に眠ってまして」

「なるほど」

「僕が天ぷらを知っているのは、蔵からこっそり持ち出した古書を、秘密の場所で眺めて遊んでいる時に、たまたま出会った変なおじさんが作ってくれたからなんです」

「へ、変なおじさん……？」

「はい。どこからともなく現れたボロボロのおじさんが、『あれー？　ここにあるっぽいんだけどなあ……』とかなんとか呟きながら、僕に近寄って来たんですよ」

ふ、不審者！

「大丈夫だったの？」

「はい。むしろ美味しい思いをさせてもらいました。僕の持っていた古書が、たまたま天ぷらの作り方が記載されたものだったんです。それで、『やっぱりここにあったぜ。ありがとな坊主、これはお礼だ』と言いながら作ってくれました」

「お、おお……」

本当に変なおじさんだった。

突然子供に天ぷらを振る舞う、変なおじさんである。

「なんだかこの天ぷらを食べていると、その記憶が鮮明に頭に浮かんできます。知らない人なのにまったく怖くなくて、不思議な気分でした。食べてはしゃいで頭を撫でてもらいました」

天ぷらを見ながら、懐かしそうにしみじみと語るライデン。

「いったい誰だったんでしょう？　天ぷらの妖精？　あの後、また天ぷらが食べたくて親に話したら、そんな料理は知りもしないし作れない、と言われてしまいましたよ」

「うん、誰なんだろうね……マジで……天ぷらの妖精だね……」

思わず俺は濁したが、絶対にパイン・フーズだろ。

そういう変なことをしでかす奴は、あのおっさんしかいない。

大人には伝説扱いされて、子供には童話の妖精扱い。

なんか各地を渡り歩く度に、おっさんの逸話を聞かされている気がするぞ。

牛丼を開発した傑物《けつぶつ》だと思っていたのだけど、もっとすごい人かもしれない。

「あ、あの！　お代わりをいただいても……良いですか……？」

「どんどん食べてよ！　ね、ポチ？」

「オン！」

新しい天丼をポチが渡していた。

ややテンションが高いところを見るに、ライデンの話を聞いて嬉しかったのだろう。

パインのおっさんの話になると、ポチはめちゃくちゃ喜ぶんだ。

「アォン！」

「ライデン。薬味も色々楽しんでって、ポチが言ってるし！」

「あ、ありがとうございます」

普通の天ぷら用には、天つゆ以外にも塩、わさび塩、サンダーイールのピリピリ塩まで用意されている。

ピリピリ塩は、舌先がやんわり刺激されて、もっと食べたいと思ってしまうほどの傑作だ。

油ものには気を付けてるってのに、どんどん食が進んでしまう。

「こっからどんどん食欲が衰えていくのかあ……」

しかしライデンの食いっぷりと比較してみれば、歳の差を実感させられた。

俺はもう若くないんだ。

「どうしたの、トウジ？」

「いや、もうすぐ三十だからさ。食も細くなって体力も落ちてくるんだなって」

「レベルがそれだけあるなら大丈夫でしょ？」

「食が細くなると、気力が持つかなあ……？」

「元気がなくなったら、私が活を入れてあげるわよ」

それは、イグニールが元気付けてくれると受け取っていいのだろうか。

だったらおじさん元気湧いてきたよ。

さて、天ぷらや歳の話もそこそこに、本題へと戻ろう。

「ライデン、食べながらで良いから聞いて」

「ふぁい」

「雷霊《らいれい》の加護刀は、新しいものじゃなくて、そのまま元に戻ったから返しておくよ」

テーブルの空いてるスペースに加護刀を置く。

ゴレオの特殊能力によって、十日身につけているだけで、真っ二つになっていた刀は綺麗さっぱり元どおりになった。

能力も前と変わりない状態である。

「あ……」

元どおりになった刀を見て、ライデンは食べるのをやめた。

ゆっくりと刀に手を伸ばし、ぺたぺたと触る。

「直せない可能性もあると言われていたので、覚悟を決めていたんですが……こんなに早く完璧《かんぺき》に直るなんて……本当に、ありがとうございます！」

大切な刀だったから、ライデンは目に涙を浮かべて頭を下げた。

黒いポニーテールがぴょんと跳ねて、それをコレクトが追っている。

「あの！　借りていた予備の刀は、放課後家に取りに戻って、すぐにお返しします！　学校に刀は持っていかないようにしてまして！」

一瞬なんだっけ、と思ったが、加護刀に似せたダミーの刀を渡していたことを思い出した。

「ああ、大丈夫だよ別に。あげるよあげる」

「え？　いやそれはさすがに……あのレベルの代物をもらいっぱなしにするのは……」

「でも俺は刀は使わないからなあ」

せっかく作った武器なんだから、扱える人が持っていた方が良い。

刀を使う要員としては、オーガのゴクソツがいる。

でもあいつには、ライデンに渡したものよりも、もっと良い刀を装備させているんだ。

返してもらったところで、競売に流れるか、分解される運命である。

「とにかく、前に渡した刀もライデンのために作ったんだから、持っといてよ」

「トウジさぁん……このご恩は絶対に忘れません……」

頑張り屋なライデンを俺は応援している。

そんな支援者からのプレゼントってことにしておいて欲しい。

さてと、無事に直した刀も渡せたし、ここでの用事も終了だ。

昼食も食べ終え、ライデンもそろそろ午後の授業に行く時間である。

「ポチ。食器は家に帰ってから一緒に洗おう」

「オン」

「私も手伝うわよ」

「みんなでやるし！」

「皆さん、今日は本当に何から何までありがとうございました」

ってな訳で、手を合わせてください。

「「ごちそうさまでした！」」

第三章　寒い日にはとんこつしょうゆ

オスローが急に姿を消してしまったおかげで、予定に大きな穴が空いてしまった。

本来であれば、オスローから必要な素材を聞いて、午後は冒険者ギルドに向かい、エリナに素材の場所を調べてもらう。

そして、イグニールと今後の依頼予定を組み立てていくつもりだったのに。

本格的に街を回るのは、マイヤーの休みの日に取っておくのだ。

「今から依頼を受けるにしても、帰宅は夜遅くになってしまうのかしら？」

「そうだね。街の近辺だと、フリーの採取依頼くらいしかやることがないから」

ランクが上がってしまったので、どの依頼も基本的には遠征となる。

街の近くで済ませられる、フリーの採取依頼を受けたとしても、そもそも家に備蓄してあった。

ダンジョン内に生えてる薬草類を納品するだけで稼げる仕組みはかなり助かるのだが、時間つぶしにはなりそうもない。

「まあ、とりあえずやっておくか」

「依頼記録にもなるから、良いんじゃない？」

俺の言葉に頷くイグニール。

「ランク的に、そこまで評価はしてもらえないだろうけど」

「それでも受けないよりマシよ」

そんなもんか。

何かしらしていないと、人間はすぐに腐ってしまう生き物だ。

その危険性はよく知っている。

「じゃ、とりあえず適当に依頼をこなしておくか」

中途半端な時間ではあるが、できることはそのくらいしかなかった。
C．Bファクトリーの件は、マイヤー経由じゃないと先に進めないからな。
「あっ、雪だし！」

「ん？　おお、本当だ」

薬草採取の依頼を受けて一度家に戻る道中、雪が降り始めた。

「雪なんて断崖《だんがい》凍土で散々見ただろ？」

「街で降ってるのは初めて見たから新鮮なんだし！」

「確かにそうだな」

装備に寒さ無効系の能力をつけているので、肌を刺す冷たさなんて感じず、風情《ふぜい》もへったくれもない。

それでもジュノーの言う通り、鈍色《にびいろ》の空からギリス首都の街中に降り注ぐ雪は、記憶に残る日本の情景とはまったく違って見えた。

ジュノーに指摘されるまで気付かなかったということは、俺もそれなりにこの異世界というものに溶け込んでいる証《あかし》なのだろうか。

だったら嬉しいね。

「トガルでも雪が降り始める時期だったから、ギリスで降るのは当然よね」

「イグニール。寒い日は暖房の近くで、冷たいものを食べるのが最高だし！」

「あら、そうなの？」

「決めた！　晩ご飯のデザートはアイスだし！」

「オン？」

「パンケーキじゃなくて良いのって？　今日は趣向を変えるんだし！　バニラアイスをイグニールにも食べさせてあげたいんだから！」

「アォン」

ジュノーの要望に、ポチは渋々頷いていた。

何度も言うが、バニラが少ないからである。

最悪、今日で食い納めになるのかもしれないな。

「ジュノー、あんまり冷たいものにがっつくとお腹壊しちゃうわよ？」

「ラブっちとは違うもーん！　真のダンジョンコアはお腹を壊さないのだ！」

そもそも排泄《はいせつ》しないからね。

疑問に思うのは、確かジュノーって、前にアイス食べて頭キーンってなってたよな？

……謎だ。

強いて言うなら、ジュノーは馬鹿だから、その場のノリでキーンってなってるように思い込んでるって説もあるか。

深く考察しても何の得にもならないから、謎のままにしておく。

「さっさと依頼をこなして家に戻りましょ」

「うん！」

「ほらトウジ、行くわよ？」

「あ、うん」

イグニールに手を引かれて街を歩く。

俺の周りもかなり賑やかになって来た。

なんていうか、恵まれてるなと実感する。

どことなく己を客観視してしまう自分に嫌気が差すのだが、それはそれとして、今この瞬間を精一杯楽しもうか。

◇ ◇ ◇

アパートを経由して、ギリス首都と港町の中間にある、森の中へとやって来た。

港町と首都、大きな都市に囲まれた森はかなり広い。

馬車で一日という距離は、意外と遠いものである。

東西の幅が狭いだけであって、南北に向かって大きく広がっているのだ。

だからこそバレづらく、ダンジョンの入り口の一つに設定しているのである。

「この辺まで来ると、結構積もってるなあ」

「そうね」

イグニールの吐く息が白い。

人の往来がある首都では、道に雪が残ることはあまりない。

しかし森の中では薄《うっす》ら雪化粧が広がっていた。

装備で寒さを感じることはないが、見ているだけで肌寒くなって来そうだった。

「あー、ラーメン食べたい」

日本では、寒い日に、よくバイト明けにラーメン屋に寄ったもんだ。

若い頃は、家系ラーメン屋で、味濃いめ麺硬め油多めをよく食べた。

麺の好みは硬めで変わらないが、歳を取るに連れて、味普通油少なめにシフトチェンジしていくもんである。

「ラーメン？」

俺の呟きに隣にいたイグニールが反応した。

「ああ、俺の世界の料理だよ。あったかい濃厚スープの中に麺を入れて食べる」

「スープパスタ的な？」

「うーん、似てるけど違う」

日本人の価値観だと絶対に違うのだけど、同じ麺類である。

ラーメンのことを考えていたら、どうしようもなくラーメンが食べたくなって来た。

牛丼と肩を並べるほどのソウルフード。

何故、過去の勇者は、ラーメンをこの世界に普及させなかったんだ。

「ラーメン食べたい」

「オン？」

ついに献立の要望かと、ポチが耳をピクッと動かす。

ポチが作れるのか。それが問題だ。

「作れる？」

「オン」

愚問だな、と言わんばかりに、小さな雪玉を俺に投げつけるポチ。

どうやら作れるらしい。

「アォーン」

「師匠から受け継いだレパートリーにあるって」

ジュノーが通訳してくれる。

「マジか、どんな種類があるの？」

「オン」

「お品書き作るから待っててくれって」

「はいはい」

ポチがメモ帳に、さらさらとメニューを書き殴っていく。

結構な量を書き連ねているが、いったいどれだけのレパートリーがあるのか。

っていうか、マジでラーメン作れるのか……。

相変わらずすごすぎる。

各地で名を轟《とどろ》かせるパインのおっさんって、本当に人生をかけて、美味しい料理を求め、旅してたんだなって理解できた。

「オン！」

「好きなものを作るから、こっから選んでってさー」

「おおっ！」

ジュノーの言葉に従って、ポチのレパートリーを見てみる。

それはレパートリーと言うよりも、好きな味を選べ、という形だった。

味の基本が塩、醤油、味噌。

そこからスープのベースとして、豚骨、牛骨、鶏ガラ、魚介。

麺はスープに応じて一番適切なものを手打ちするとのこと。

ただ時間がかかるので、早く仕込みをする必要があるそうだ。

「アオン」

「裏メニューとして、魔物の骨を使ったスープもあるってさ」

異世界では基本的に、人間以外の全ての動物が魔物に分類されるのだが、人間に育てられている家畜化された魔物もいる。

ポチが裏メニューと言っているのは、野生の魔物のことである。

「それはいらない」

オークの骨で出汁《だし》をとった、とかそういうのはいらないです、はい。

「私は食べたことないから、トウジに合わせるわよ」

「うーんそうだな、だったら豚骨醤油《とんこつしょうゆ》が食べたいな」

俺の好きな家系なのかはわからないが、食べられるだけ良しとしておこう。

ポチの腕ならば、まず失敗することはないからね。

「時間がかかるなら、せっかく森に来たけど一旦うちに戻るか？」

「アォン」

その必要はない、と首を横に振ったポチは、クロスボウを構えた。

鼻をクンクンさせると、どこぞの茂みに躊躇《ちゅうちょ》なく矢を放つ。

「ブヒッ⁉」

茂みから豚の鳴き声が響いた。

なんだなんだと向かってみると、豚がいた。

巨大な豚の魔物が、頭部を撃ち抜かれて息絶えている。

「アォン」

「これ使うってさ」

「えっ」

ポチの言葉をすかさず通訳するジュノー。

かなり板について来たな、通訳係。

「いや、普通にみんなが食べてるような、豚のスープが良いんですけど……？」

「オン」

「心配ないってさ。この種類はみんなが食べてるやつだから」

「えっ」

にわかには信じがたいセリフである。

普通の豚は養豚場にいるもんだ。

こんな森の中に、一般的に流通している豚肉の本体がいるはずないだろ！

ダウト、ダウトダウトォ！

「見ろ、この巨体を！　こんな豚、飼育できるわけが……」

「あら、確かによく見る豚ね。養豚場から逃げ出して来たのかしら？」

「えっ」

遅れて茂みから顔を出したイグニールが、豚を見ながらそんなことを口走る。

どうやら、この巨大な豚は異世界でよく食されるタイプの豚らしい。

おいおい、どうやって飼育しているのでしょう、この巨体。

養豚場の職員のレベルが気になるところである。

こんな豚を相手にするとなれば、職員はどんどんレベルが上がっていきそうだ。

きっと強い。

養豚場の人はきっと強いから、みんな、喧嘩を売らないようにしようね。

「アォーン」

「この森で材料は揃うから、取りに行こうだってー」

「はいはい」

嫌だと言っても、どうせ行くのだろう。

こうなったポチは、ラブの部屋からバニラが気になって盗んでくるレベルだ。

薬草採取のつもりが、ラーメンの材料探しになってしまっている。

もはや、美味しいものとまだ見ぬ食材を追い求める美食冒険者だ。


雪の中を駆け回って、俺たちは豚骨の他に、トッピングになりそうなものを探す。

市販のもので良い、と何度も言っているのだが、ポチは止まらない。

スープのベースとなる豚骨と、付け合わせのチャーシューは確保できた。

「アォン」

次にポチが、クンクンと鼻をひくつかせながら見つけ出したのは野菜だった。

雪の中に埋もれた緑色の野菜。

「……ネギ？」

「オン」

俺の呟きに頷くポチ。

ネギとは、原産地を中国西部・中央アジアとする植物のことだ。

東アジアでは食用に栽培されているユリ科とされていたが、ＡＰＧ植物分類体系では、ヒガンバナ科ネギ亜科ネギ属に分類される。

テレビのドキュメンタリー番組で見た。

って、詳しいネギ知識とかそんな話ではない！

「なんでネギがここにあんだよ」

それに尽きる。

豚が養豚場から逃げ出してきた説は百歩譲って納得してやるが、ネギは許さない。

ご丁寧《ていねい》に雪に埋もれちゃって、絶対誰かが落としたネギだよ。

俺が前にいた世界の常識を異世界に当てはめる気はないが、異世界だってネギは八百屋に並んでいるもんだぞ。

「アォン」

「目を凝《こ》らして探すと、自《おの》ずと出てきてくれるんだってさ」

「意味がわからん」

目を凝らしてネギが出てくる、意味がわからん。

「オン」

「はあ？　パインのおっさんがそう言ってたって？　んなわけあるか！」

人様が落としたネギなんて、勝手に使えない。

「八百屋に返しに行って、そこで材料を全て買い直すぞ」

「トウジ、ちょっと落ち着きなさいよ。こんな森にネギを落とす人なんかいないわよ」

「それもそうだけど、説明がつかないだろ」

常識を覆《くつがえ》されることには慣れたと思っていたが、ネギは譲らないぞ。

「ほら、何にせよインベントリに入れておくから貸せ。嵩張るだろ」

「……オン」

手を差し出すと、ポチは少し迷いながらも俺に渡さなかった。

懐《ふところ》に、そっと忍ばす、長ネギを。

そんな一句さえ浮かんでくるほどに、違和感バリバリだった。

「んんー？」

何でこいつは俺にネギを渡さないんだ？

……もしかして、いやもしかしなくても、変なもんじゃないだろうな？

ネギなんてこんなところに都合良く生えてるわけがねぇ！

「貸せ！」

「アォン！　グルルルッ！」

「唸ってもダメです！　俺チェック入ります！」

「クゥン……」

「可愛こぶってもダメなもんはダメだー！」

まったく、素直に渡していれば良いものを、大方俺に見られたらやばいと思ったんだろう。

「アォン！」

「貸せってば！　駄々を捏ねても無駄だぞ！」

嫌がるポチをひっ捕まえて、高い高いの体勢を取る。

ふはは。

手足の長さの違いから、お前は文字通り俺の手の内なのだよ。

諦めてぐったりしたポチからネギを奪い取る。

至って普通のネギに思えるが、一応細かく情報を見ておいた。


【長ネギ坊主】

長ネギのような魔物、トレントの眷属《けんぞく》。

長ネギとそっくりの風味を持ち、年月を経てどんどん美味しくなる。


「おい、魔物やんけ！」

「アォン！」

「でも美味しいって言ってるし」

「アォンアォン！」

「長ネギ坊主は、すごく美味しい薬味になるってさ」

「アォン！　アォォーーーーーーン！」

「魔物だけど元は植物で、それが自立して動けるようになっただけだから、食感も味も普通のものとなんら変わりはなく安心だし。そもそもトウジはよくわからない理由で美味しい魔物を避けているから、意識改善としてこの野菜は取り入れるべきであり、何より美味しいから黙って好き嫌いなく食べろ。もうすぐ三十歳なんだから、そういう子供染《じ》みた好き嫌いは健康にも良くないから食え……だってさ」

「……ひと呼吸に情報詰め過ぎだろ、色々と」

ガレーの語り口とそっくりだな。

「オン」

「コボルトはイヌ科だから、ワンブレスは元祖だワンだって」

「うるせーよ」

してやったり、みたいな顔でほくそ笑んでんじゃないよ。

パインのおっさんに影響されて、無駄におっさん化が進んでいる気がした。

ハイパー可愛いコボルトが、クソダサコボルトになるのは許せない。

「くふっ、コボルトはイヌだから、ワンブレス……ぷくくくっ」

「……」

なんか聞こえたので横目で見ると、イグニールが口元を押さえ、笑いを堪《こら》えていた。

「ひと呼吸ってのも、ワン呼吸っていうのかしら……？　わんこきゅう、わんこ……ぷふっ」

「……」

自分で閃《ひらめ》いて、勝手にツボに入っている。

エコ笑いするな。

完全に毒気を抜かれてしまった。

なんだ、なんだよこの状況。

高尾山、いや富士山、いやいやグランドキャニオンの上から叫びたかった。

うおおお、なんだこの状況はって。

「……とりあえず、ポチが魔物ラーメンを作りたいってのは理解した」

「アォン」

俺の言葉に、しれっと頷くポチである。

くそ！

日々の食事において、こいつが全権を掌握《しょうあく》している状況をどうにかしなければいけない！

ポチの料理の腕に信頼を寄せているのは確かだが、性格には難有りだ！

「アーォン」

「魔物を使っていても、美味しいものしか食べさせるつもりはないから安心してってさ」

「いや、それはわかってるよ。わかってるんだけどさ……事前に言っといてくれよ……」

急に来られたらびっくりするだろうが。

胃は大満足かもしれないが、ストレスで心臓に負担がかかる場合もあるんだぞ。

できる限り、体をケアして行かなきゃいけない年齢なんだぞ。

「それに、ここは異世界！」

ハンバーガーチェーンで、ナゲットには六本足の鶏を使ってるって都市伝説もまかり通る。

現にこうして、ネギに近い魔物だっているんだからな！

そろそろ慣れろと言いたい気持ちもわかるけど、俺の手の中で逃れようと、ファサファサ動くこの長ネギ坊主。

これを見て「え、これ食うの？」と思う俺の価値観は間違っているのか？

動き方からして、長ネギの二股《ふたまた》に分かれた部分が脚っぽいぞ。

「アォン」

「ちなみに入れようと思っていたきくらげも、きくらげによく似たブヨブヨの魔物だって」

「ブヨブヨはNG！　絶対にNG！」

リバフィンの脇にある、ブヨブヨビラビラの皮膜《ひまく》を思い出してしまうから絶対にダメ。

あれだけは絶対に許せない。

そんな奇天烈《きてれつ》なラーメンじゃなくて、普通のラーメンが食べたいよ。

どうしてこうなった。

「普通のラーメンが食べたいだけなのに、食べたいだけなのに……うぅ……」

「な、泣いてるし……ポチ、どうするし……？」

「アォン」

「これを気に慣れろ、だってさ……ポチって意外と鬼だったし……」

食に関しては無慈悲か、こいつ。


さて、一通り、森の中にあるラーメンの具材を集め終わった。

俺は抵抗を諦めて見ないことにした。

たとえ今動いていようが、調理されてしまえば料理の材料なのである。

ちなみにだが、信じられないことに、ほとんどの食材がこの森で集まった。

そこいらの野菜に似た魔物がたくさんいたわけだ。

「なんなんだよ、この魔物……」

「私も見たことないわね……」

博識なイグニールですら知らない魔物もいた。

そんな奴らが、「え、そんな具材まで？」ってくらい、多種多様にいるのだ。

全ての野菜を網羅しているレベル。

「アォン」

ポチは次々と発見して、ぽいぽいと籠《かご》の中に投げ込んでいった。

生き物だから、インベントリには収納できないのである。

「なんか見分けるコツがあるんだって言ってるし」

「へー、そうなんだ」

見分けるも何も、思いっきり野菜だから一目瞭然だと思うのだが、存在を知らない人にはただの草のように見えるそうだ。

これが見えるようになってこそ、放浪の料理人だと教えられているらしい。

「オン」

「この子たちがいればいるほど、森の質は高いんだってさ～」

つまり、人の立ち入りが少ないことの証である。

この森に入り口を作って大正解だった。

「アォーン」

さらにポチが言うには、野菜の魔物たちに危険性はないとのこと。

ダンジョンに放置しておけば、勝手に増えて今後食材に困らない。

「だから飼いたいんだって」

「……魔物を飼う、か」

ペット感覚で飼っていい代物じゃないんだけどなあ。

とりあえず管理がしっかりしていれば良し、ってことで許可を出した。

浄水の泉の周りに放置していれば、まあ美味しく育ちそうではある。

「飼うならしっかり世話をしなきゃいけないんだからな！」

「アォン」

愚問だな、と言われてしまった。

毎日甲斐甲斐《かいがい》しく俺の世話をしているから、それもそうか。

「よし、必要なものはほとんど集まったよな？」

「オン」

「なら帰るか」

これから仕込みの時間もあるのだし、さっさと帰ろう。

「アォン……？」

そんな時、ポチが立ち止まって首を傾げた。

野菜の魔物、通称野菜モンスたちがリュックの中でわしゃわしゃと忙《せわ》しなく動くのも気にせずに、鼻をクンクンと動かして、じっと遠くを見つめている。

「どうした？」

「オーン」

「微《かす》かに人の臭いがするってさ」

この辺は人の立ち入りが少ないはずだ。

「……冒険者？」

「アォン」

首を横に振るポチ。

「わからないけど、血の臭いもして死にかけてるっぽいし」

「……とりあえず、行くか」

確認だけはしておくべきだろう。

せっかく美味しいラーメンが待ってるんだ。

こんなところで食欲を失《な》くさせるような展開は見過ごせない。

ポチの案内で臭いがあった場所へと向かってみると、雪が積もった森の中で、うつ伏せに倒れた男を発見した。

「不味いわね、コフリータ」

イグニールが小さな炎の精霊、コフリータを呼び出して、すぐに男のそばへ飛ばした。

ガッツリ背中に積もっていた雪がじわじわと解けていく。

「ナイス、イグニール」

体を起こしながら確認すると、ＨＰがギリギリの状況だった。

本当に死にかけである。

微かに呼吸はあるが、意識がないので、すぐに霧散の秘薬と回復ポーションをかけた。

寒い中で液体をかけるのは拷問《ごうもん》に近いかもしれないが、致し方ないだろう。

コフリータで温めても体は冷たいままだから誤差でしかない。

「こ、この人、大丈夫だし……？」

「一応ね」

心配そうな表情をしているジュノーにそう言っておく。

回復ポーションが効いている間は、死ぬことはないのだ。

「服装は冒険者じゃないわね」

「そうだな」

装備らしい装備を身につけておらず、裸足で作業着に上から白衣を羽織っただけ。

白衣か。ひょっとして研究者なのだろうか。

オスローの一件もあり、繋がりめいたものを感じなくもない。

「トウジ、あたしの装備をこの人にもつけてあげるし！　寒さ無効のやつ！」

「予備があるから大丈夫だよ」

ポーションを振りまいた時に、すでに身につけさせてあるのだ。

「トウジ、どうするの？」

「一旦、ガレージに連れて行こう」

ガレージとは、森からダンジョン部屋に入るところに設けた、何もない部屋のこと。

見ず知らずの人をダンジョン部屋に入れるわけにもいかないから、そこが妥協点。

予備の家財を持ち込めば住めないこともないからね。

意識や容態が安定するまで、そこにいてもらうことも考えておこうか。

「それにしても白衣だなんて、タイムリーね」

「まさにね」

何があったのか詳しく尋ねるのは、この人が元気になってからだ。

インベントリから毛布を出して男を包み込み、ゴレオに抱えてもらう。

「急いで戻るぞ」

クイックを使って、高速帰宅だ。

◇　◇　◇

ガレージに戻り、ベッドを出して白衣姿の男を寝かせる。

魔導ストーブも設置して、暖房はバッチリだ。

冷えてしまった体を芯から温めるには、温かいスープなどを飲ませるのが手っ取り早いと思ったのだが、未だに意識が戻らない。

HPを逐一監視して、温かくしたポーションをかけるなど、とにかくやれることをやる。

その間に、ポチたちは外でラーメン作りを開始していた。

「アォン」

「……！」

「キュイ」

コトコト、トントン、グツグツ、ジュァー。

ガレージの外に魔導キッチンを置いて、ゴレオと水島を補助役として、豚を解体し、チャーシューとスープの仕込みを行っていく。

何故外なのかと尋ねてみると、部屋が臭くなるからとのこと。

「アォン！」

「キュ、キュイッ！」

ポチの指示に従って、せっせと具材を調理する、頭にタオルを巻いたイルカのおっさん。

完全に、脱サラしてラーメン屋を営むべく修業に入ったおっさんである。

何かと雑用を押し付けられる水島だが、ラーメンには手間ひまかかるスープだけでなく、麺も手打ちしなければいけないので、さすがにポチ一人では時間がかかるそうだ。

「頑張れ水島」

「キュイ！」

戦闘以外に出番があるサモンモンスターなんて、そうそういない。

ほとんどが図鑑の中で一生を終える中、料理ができるだけでもかなり立場は上だぞ。

「ねぇ、トウジ……いっそのことお風呂にでも浸からせておくし？」

ベッドがビショビショだよと、ジュノーが提案してくれた。

温めたポーションを振りまいたりしているので、ベッドは確かにずぶ濡《ぬ》れだった。

「妙案だよそれ」

何気ない一言が、最高にグッドなアイデアかもしれない。

体を芯から温めるならば、やはり風呂。

日本人として、俺はどうしてその考えに至らなかったのか。

「隣に温泉作って放り込んでおくか」

どのくらいの広さまでなら、家に備え付けてあるボイラーの魔導器具でお湯を沸かせるのか、デモンストレーションしておくのも良いだろう。

「妙案って……今から温泉を掘るの……？」

俺とジュノーの会話に困惑するイグニール。

「掘らないよ」

「うん。余剰分のリソースを使って、新しい部屋を作るだけだし」

もっとも、ダンジョン自体が地下に掘ってある代物なので、掘るという意味では間違いない。

日本の温泉宿風ではなく、銭湯のような感じで作れたら良いだろう。

ダンジョンって本当になんでもありで怖いよな。

「そういえば、あっさり温泉の話題になったけど、温泉ってこっちにもあるの？」

温泉が異世界にもあるのか、気になるところだった。

「いくつかあるわよ」

「へぇ」

「有名どころだと、タリアスのテルメン温泉ね。確か、巨大な塔型のダンジョンから溢《あふ》れ出す浄水の温泉だって。冒険者たちが噂していたのを耳にしたわね」

タリアスに存在する巨大な塔の名は、八大迷宮の一つ天界神塔。

そこでは、傷ついた人々に癒《いや》しを与える、神の加護の如《ごと》く温かい浄水が流れているそうだ。

他にも、火山が近い場所に存在する温泉地もあるんだとか。

冒険者の間では、タリアスに存在する温泉が有名で、温泉に入りつつお宝探しに興じるというのが、醍醐味《だいごみ》となっているとのこと。

「なら、温泉は珍しくもないのか」

「でも、浄水の温泉はタリアスにしか存在しないから、とんでもないことよ?」

はあ、と溜息をつきながらイグニールは続ける。

「それをさらっと作ろうなんて、もうとんでもないの域を超えてるわね」

「そう?」

この家の風呂で使う水は全て浄水だ。

浄水だから不純物も浄化されて、普通に風呂に入るよりも綺麗になる。

リラックス効果だって普通の水よりはあるんだ。

アンデッド相手にも効果抜群だし、本当に浄水は使い勝手の良い素材である。

「ともかく実現可能だから、さっさと作ってしまおうか」

「うんだし!」

ジュノーを伴って、ガレージに新たな通路を作製し、奥に開けた空間を作った。

あとで脱衣所とか廊下とか、拠点内とつなげておけば良いだろう。

「さて、どこまでボイラーで沸かせるかな」

「ボイラーってなんだし？」

「給湯器の魔導機器だよ。水をお湯に変えるやつ」

普通にマイヤーと風呂に入ってたってのに、今の今まで知らなかったのか。

水を張っても、お湯にしなければ意味がないだろう。

「トウジ、それって今のお風呂にも使われてるやつ？」

「うん」

「単純に考えて、十倍以上の規模をお湯にするのは難しいでしょ……」

「かなあ……？」

ジュノーがちゃっちゃと作ってくれた、ピカピカ大理石っぽい感じの大浴場の前で腕組みしながら考える。

今使っているボイラーの他にも、同じものを予備で購入してあった。

一つはさすがに厳しいだろうが、二つ使いならばどうだろう。

「そうだ、即席だけど私に案があるわよ。とりあえず水を張ってちょうだい？」

「はーい」

イグニールの言葉に頷いたジュノーが、浄水をドバッと流し込んだ。

即席の案とは、いったいなんだろう。

「爆炎」

そんなことを考えていると、イグニールが唐突に魔法を使用した。

ボコボコボコッ！

ドッ！

火球が水の中へと撃ち込まれ、爆発する。

「アチッ!?　アチチチッ!?」

爆発の衝撃で降り注ぐ飛沫《しぶき》はとんでもなく熱かった。

火属性に耐性を持つイグニールは平気そうだけど、俺にはとんでもなく熱い。

モワッと漂う湯気すらも、俺の肺を焼き尽くしそうなほどだ。

「あ、ごめんねトウジ。私の後ろに下がってて？」

「……爆発させなくても」

「仕方ないじゃない、私の魔法は勝手に爆発しちゃうし……あんまりこういうことには向かないんだけど、今は温水を作って、あの人を浸からせてあげるのが優先でしょ？」

「まあ、そうだけど……」

良かった、一度デモンストレーションをしておいて……。

俺の装備で強化されたイグニールの魔法は、ただの初級魔法よって言いながら、実質は上級を超えた威力を持つ。

浸からせてから温水に変えよう、だなんてやっていたら、あの人が一瞬で茹《ゆ》でられていた。

「ねぇ、もしかしてイグニールがいれば、いつでも温泉に入れるし？　この広さだったらみんなで遊べるし！」

「確かに……って、さすがに俺も一緒に入るのはダメか」

イグニールの裸以前に、俺のガリガリの貧弱ボディを見せるのが忍びない。

なんだろう、想像しただけでもすごく恥ずかしい。

「別にお風呂は一つでも、仕切りを作っちゃえば良いじゃないの」

え、それで良いの？

一緒の湯に浸かっちゃってることになるのだが……。

こんなことでドギマギしてしまうなんて、俺は高校生か。

年甲斐もない感情の右往左往に、少しへこんでしまう二十九歳だった。

◇　◇　◇

それから大浴場は、浄水の泉に生やしてある植物やら太陽の木やらを持ってきて、秘湯っぽい雰囲気にアレンジされた。

「ふぃ～極楽すぎる」

ちょうど良い温度に沸かされた浄水の中へ浸かると、身も心も浄化される夢心地である。

「キュィィ」

ポチの手となり足となり働いていた水島も、上機嫌でスイスイと泳いでいた。

広過ぎる部屋ってなんとなく不安になったりするけど、風呂は別だ。

広ければ広いほど、リラックスレベルが上昇している気がする。

「アォーン」

ラーメンの仕込みをゴレオに任せたのか、ポチが遅れて大浴場に現れた。

ポチは背が低いので、俺の膝に座らせておこう。

「ほら、俺の膝に座りな」

「アォン」

あとで段差を設けて、チビたちでもゆっくり浸かれるスペースを用意しておかないとな。

「そうだ」

「アォン？」

俺の膝の上にちょこんと座って、だらしのない表情をするポチの頭に、たたんだタオルを載せてやると、ポチはなんだこれはと首を傾げていた。

「温泉に入ったら絶対にやることだよ」

タオルをつけるのはマナー違反だからね。

ポチは俺の言葉に従い、タオルを頭に載せたまま寛《くつろ》いでいた。

温泉スタイルのポチは強烈で、水を吸って縮んでしまった体が最強に可愛い。

もふもふも良いが、こっちのポチも最高だ。

浮かんだ毛は水島、お前が掃除しろ。

「……んん、あ、温かい……？」

ポチと入浴を楽しんでいると、隣で浸からせていた白衣の男が目を覚ました。

「は!?　こ、ここはっ!?」

ザバッと立ち上がって、天パがかった金髪を振って、キョロキョロと周囲を見渡す。

森の中で倒れたはずなのに、いきなり大浴場でお湯に浸かっていたらそりゃ驚くな。

「キュイ」

「リ、リバフィン!?　ギリスにはいないんじゃ……！」

「オン」

「コ、コボルト!?　ひ、ひいっ、なんだここは!?」

「大丈夫ですよ、まあ落ち着いてください」

「皮だけ残ったスケルトン!?」

「……おい」

どういうことだ、皮だけ残ったスケルトンってどういうことだ。

湯煙で視界が悪いのは理解できるが、意味がわからない。

「もうだめだあああ！」

言うだけ言って、全裸で頭を抱える白衣の男。

正直言って、俺よりもあばらが浮き出た、ガリガリの体型をしている。

皮だけ残ったスケルトンの称号は、こいつが受け取るべきものだ。

「落ち着いてください、とりあえずここは安全ですから」

どうにか落ち着かせたいので、苛立《いらだ》ちを抑えて声をかけた。

「ああああああああああ！」

「……ちょっと落ち着いて」

「うわああああああああああああああああ！」

「落ち着けって！」

ガチで錯乱《さくらん》状態っぽいので、立ち上がって押さえにかかる。

「くそ、錯乱した人って無駄に力が強いな！」

リミッターが外れているのだろうか。

それとも装備がない状態だから、俺の方が貧弱なのか。

もうレベル１００近いというのに、情けない話である。

「うあっ！」

「落ち着いて！　落ち着いてください！」

ザバザバと風呂の中で大立ち回りしながら、なんとか押さえつける。

「ああっ、大蛇！」

「うるせぇよ！　何がだよ！　落ち着けよ良いから！」

良い歳こいた男二人が大浴場で絡み合うなんて、こんなの俺の求めてた風呂じゃない。

落ち着かせるために、とにかく味方だとわかってもらうために、俺はある言葉を叫んだ。

「オスロー・ブリンド！　……この名前に、覚えがあるはずです！」

「へ？　おすろー……う、うん」

俺の口から出た名前に、正気を取り戻して頷く白衣の男。

「味方です。オスローの知り合いですから」

「ど、どういう……？　娘の知り合い……？」

「そうです。とにかく、ここにいる魔物は俺の従魔ですから、落ち着いてください」

「そ、そうなんだ……」

ようやく落ち着きを取り戻して、安心したように湯船にしゃがみ込む男だった。

俺がなんでオスローの名前を叫んだのか、その答えだが、ＨＰを確認した際にすでにわかっていたのである。

この金髪天パガリガリ男の名前は、オカロ・ブリンドという。

親父かどうかは知らなかったが、身内なんじゃないかと推測していた。

「ここまでの経緯をご説明しますから、ゆっくり浸かっててください」

「は、はい……」

「ギリス首都と港町の間にある森で、雪の中に倒れたあなたを発見し救助しました」

素直に話を聞いてくれるっぽいので、経緯を話していく。

詳しく話しておこう、あとで聞いてないって言われても仕方がないからね。

「なるほど……そんなことが……助かったのは奇跡だ……」

「オカロさん、何故あの場所で倒れていたのか、教えていただけませんか？」

それから、この人の話を聞いていく。

もしかすれば、オスローの失踪と繋がるかもしれないからね。

「ああ、わかった」

少し表情を暗くしながら、オカロは話す。

「話せば長くなるんだが……かなりの機密情報だから、話して良いのかもわからないんだけど……

命の恩人である君には話す必要があるだろうね……」

「いや別に話したくない部分は、話す必要ないですよ」

一応オスローの情報を集めてはいるが、マイヤー経由でなんとかなる。

余計な問題に、ひょんなことから巻き込まれるなんてことになるのは嫌だ。

目的はオスローなのである。

しかし、裸の付き合いをしながら話を聞くなんて、まるで腹を割って話してるみたいじゃないか。

明らかに、逃げ場を失ってしまいそうである。

「いや、話すよ」

話すんかい。

「親の僕ですら友達がいないと思っていた娘に、知り合いがいたなんて驚きだからね。言っちゃなんだけど、娘は社交性も何もなく、友達どころか知り合いすら作らないタイプなんだ。言葉も当りが強いタイプで、味方だと言ってくれる人がいたなんて……パパちょっと感動」

本当に、言っちゃなんだけど、って内容だな。

唐突に始まったオスローの話に、俺は驚きを隠せない。

「あの、オカロさん？　ちょっと――」

「――僕の娘は、本当に才能には恵まれているんだが、それ故に人間としての欠如というか、やはり僕の父さん、娘からしたらおじいさんだね。本当にそっくりだよ。あの人も感情の一部が欠如してたようなもんだからね。黒髪なところもそっくりで、僕だけやっぱり違う人間なんじゃないかなって思うこともあるけど、それでも娘は可愛いよ。もうずっと喋ってないけど、パパからすればそんな娘に知り合いだと、味方だと言ってくれる縁があるなんて、天国のママもきっと喜んでくれるよなあ」

……な、長い！　長過ぎる！

確かにオスローの髪の色は黒で、オカロは金髪だから、ぱっと見、親子だとはわからない。

しかし、話を聞いて確実に血縁者であることがわかった。

血は争えない、ひょっとすればガレーとも関係あるんじゃないか？

「オン……」

ポチが湯冷めする前に、さっさと風呂から上がらせろと目で訴えていた。

「そうだな、上がるか……」

この調子だと、話が本筋に入るまでしばらくかかりそうだった。

話を聞くのはラーメンを食べながらでも良いでしょう。

◇　◇　◇

さてラーメンだ！

と、楽しみにしていたのだが、まだ麺の準備が整っていないらしく、ポチがラーメンの準備を進めるなか、俺は大浴場の改装を行っていた。

ジュノーと一緒にこだわりの景観を維持しつつ、ポチたちでもゆっくり浸かれるように段差を設けたり、水が流れ落ちてくるオブジェを作ったり、下から気泡を含んだ水流を生み出す仕組みを作ったりと、大忙しである。

「ボイラーは僕がチューニングしておくから、一台だけで全部カバーできるよ」

「おおっ！」

オカロは何故か、ボイラーの改良をしてくれていた。

ボイラーどうしようか、なんて愚痴っていたら、それなら任せてよ、といった具合に手伝いを申し出てくれたのである。

「君が購入したものは、一般用に性能を落とす仕様が施されているから、そこをいじってあげれば十分さ」

俺が買ったボイラーに、オカロがちょっと細工を加えるだけで、なんと大浴場全体をカバーできるようになるらしい。

「ありがたいです」

これで、イグニールがいちいち爆破しなくても済む。

浄水がたくさん蒸発するから、毎日使うにはかなりもったいない状況だったのだ。

「いやいや、助けてもらったお礼だよ。僕にはこれくらいしかできないけど」

ボイラーの中身をかちゃかちゃといじりながら、呟くオカロ。

オスローの父親だから研究者なのかと思ったが、その出《い》で立《た》ちは技術者だった。

「僕は父さんの理論を実際に作ってみる側だったからね、ずっと」

理論より、実際に作る方が性に合っているそうだ。

オスローは、理論も組み立てもどっちもできるハイブリッドタイプとのこと。

「それにしても、娘と一緒に大浴場の研究かあ……こういったお風呂はギリスにないから、きっとできたらみんなが利用するだろうなあ……」

「ははは、ま、まあ、実現にはまだまだ時間がかかりますよ……」

飛行船の設計図をちょろまかしたことは隠した方が良さそうなので、大きな風呂を作って商売するための魔導機器を一緒に研究している、と嘘をついてしまった。

「かなり大掛かりなデモンストレーションだね？　うちより広いや、この風呂」

「ははは、まあお金には余裕がありますから」

ダンジョン部屋です、と言えるはずもなく、これも適当に誤魔化《ごまか》すしかできない。

ノリとテンションだけで行動してしまった報いである。

「アォン」

属性魔石やらなんやらが色々と組み込まれたボイラーをいじくり回すオカロの姿を見ていると、ポチが呼びに来た。

「夕食？」

「オン」

コクリと頷くポチである。

マイヤーもちょうど帰ってきたので、みんなでご飯を食べようとのこと。

「オカロさん、夕食です。行きますよー」

「え、夕食いただいちゃっても良いの？」

「体力も落ちてるでしょうし、食べて元気を出してください」

「……なんて良い人と知り合ったんだ、娘よ」

すごく感激しているようだが、ここで夕食も出さずに追い出すのは鬼畜過ぎる。

「トウジ君がすごく良い人だから、知り合い関係が続いているとか？」

「ははは」

「もう、いっそのこと娘をもらってくれはしないだろうか？　このままだと娘は結婚は無理だろうなと諦めてたんだが、君なら全然ＯＫさ」

「ははは」

洒落《しゃれ》にならない言葉だった。

パンダ女と結婚したら毎日のストレスがすごそうだし、まず歳の差を考えろ。

もうすぐ三十歳になる男に、なんてことを言ってるんだろうか。


「もう夕食の準備は終わってるわよ」

「ありがとう」

オカロを連れてリビングへ向かうと、マイヤーとストロング南蛮がテーブルに着き、イグニールとゴレオ、水島が配膳《はいぜん》を手伝っているところだった。

チャーシューの芳《こう》ばしい香り、そしてスープの濃厚な香りが鼻をくすぐる。

今回の豚骨醤油ラーメンは、煮込みと付け合わせはゴレオと水島が担当し、麺はポチが丹精込めて手打ちしたものだ。

これは食べなくてもわかる、絶対に美味しい。

「おおっ、すごく良い香りがするね！」

「ん？　そっちの人は誰なん？」

鼻をクンクンとさせながら入ってきたオカロのことを、マイヤーが尋ねる。

「ああ、オカロ・ブリンドさんだよ」

「オカロ・ブリンド!?」

名前を聞いたマイヤーは飛び上がるほどに驚いていた。

やはり商会関係者は知っている名前だったようだ。

「C.Bファクトリーの代表やんけ！」

「ははは、でも今は退陣に追い込まれてただの無職だよ」

頬を掻きながら苦笑いを浮かべるオカロ。

「なんでそんな人と知り合ってん！　トウジ！」

「ラーメンの食材を取りに行ったら、雪の中で倒れてたから助けたんだよ」

苦笑いしながら告げた、今は無職という発言は、彼が倒れていたことに繋がる部分だった。

最近大きく販路を広げて大躍進するC．Bファクトリーだが、その代表だったオカロが何故雪の中で瀕死《ひんし》の重症だったのか。

「まあ、色々と話すこともあるけど、まずはラーメン食べようよ！」

辛気《しんき》臭い話が続くかもしれないから、せめて美味しいものを食べさせて欲しい。

「はあ〜、トウジ。またうちの知らんところで何かやっとるん？」

「いやいや、オカロさんに関しては本当にたまたまだったんだ」

そう言いつつも、ここ一日のことを振り返ってみる。

オスローの不在、消息不明、謎の伝言。

ラーメン作ろうと森の中を彷徨《さまよ》っていたら、父親であるオカロを発見。

本当にたまたまで済む話なのだろうか。

まあ深く考えていても仕方がないので、こういう時もあるさってことで、ここは一つ納得しておこう。

「アォン！」

「みんなー、ポチが注目だって！　本日のお品書きだし！」

テーブルに着くと、ポチの鳴き声とジュノーの通訳が響く。

両手に《本日のお品書き》と書かれた板を持ったポチが、何やら説明をするそうだ。

普段はこんな演出はないんだけど、今日はラーメン初心者が三人いるからだろう。

「オン」

「本日のお品書きは、とんこつしょうゆだし！」

「オン」

「味はそれぞれお好みで選ぶし！」

ポチの持つ板には、麺、味、油の順に、お好みの量の目安が書かれていた。

麺……硬め、普通、柔らかめ
味……濃いめ、普通、薄め
油……多め、普通、少なめ

「アオン」

「この中から好みの味付けを選ぶし！」

「アオン」

「トッピングも好きなものを選ぶし！　お薦めは豪華全部のせ！」

トッピングは多種多様で、俺の思いつくものを全て網羅したようなラインナップだった。

自作ラーメンなんだから、基本的には全部のせておけば良いだろう。

俺は、海苔《のり》とほうれん草増しにしようかな！

「えっと……なんや？」

「どうしたら良いのかしら、ね」

「トウジ君の家の夕食はいつもこんな感じなのかい？」

「いや、そうでもないですけど……」

ポチのテンションが高く、みんな注文方法にピンと来ていないようだった。

ならば俺が先に注文して、道を作ろう。

牛丼屋での一件も、最初はこんなやり方だった。

食べたことない人からすれば、何が何だかわからないのも当たり前である。

わからない物に手を出すのは、デリカシ辺境伯くらいなもんだ。

「ポチ、俺は硬め、普通、少なめで」

俺は、家系ラーメンに入った際の頼み方をそのまま演じる。

鉄板の注文様式で、麺硬めの食べ応《ごた》え、味も油もしつこくない。

「オン！」

「トッピングを選ぶし！」

「最初は豪華全部のせで頼む」

あんまり胃に悪い食事は控えたいところなのだが、どうせ俺と同じ注文をみんなもすると予想できたので、ポチのお薦めをいただく。

また作ってくれるだろうし、その時は好きなトッピングを自分で見つけていけば良い。

「アォン！」

注文に大きく頷いたポチは、水島に麺を茹でるように指示を出す。

「じゃあ、私もそれで」

「うちもー」

「僕もそうしようかな？」

ほらな、俺の注文を皮切りに、みんなが続々と注文を始めた。

水島が次々に麺を茹でていき、ポチがスープを準備する。

茹で上がった麺をスープに潜らせトッピングを添えると、見事なラーメンが完成した。

◇　◇　◇

美味しいラーメンとデザートを食べ終わり、ようやく話が進められることとなった。

話と言っても、元C．Bファクトリーの代表から、内部情報を聞くのみである。

「オカロさん、先に言っておきますけど、娘さんの行方《ゆくえ》はわかりませんよ？」

「そっか」

オスローの失踪のことをオカロは知らず、とても気がかりな様子だったので、最初にこちらの事情を説明しておいた。

「現状、俺も彼女の状況を探ろうとしていた段階でした」

それを踏まえた上で、オカロは話す。

「トウジ君。僕が話す前に一つだけ、正直に教えて欲しいことがあるんだけど」

「はい」

「娘とは、本当に大浴場の研究をしていたのかい？」

オカロの目は、真剣そのものだった。

「……一緒に飛行船を作る計画をしていました」

オスローの身内だ。

どうせどこかでバレるのだから、正直に話しておく。

彼が恩義を感じている今の内に話しておくべきだと判断した。

それにオカロは、一般用のボイラーをあっという間に大浴場でも使えるように改良できる技術を持つ。

飛行船に関して、技師としてオスローとタッグを組ませるのはどうだろうか？

今は無職の身だと言っていたし、仕事を提供して囲い込めるかもしれない。

娘とも長く会話をしていないらしいし、両者のことを考えたら良いアイデアかも。

親孝行、娘孝行、しっかりやって欲しい。

後々やろうと考えてても、できなくて後悔することもあるんだからね。

「飛行船……ああ、父さんの設計図を持ち出したのは、やはり娘だったのか……」

話を聞いたオカロは、色々と腑《ふ》に落ちたような表情を作る。

「やっぱり、オスローが盗んできたもんだったんですね」

本人は書き写したって言い張ってたけど、明らかに嘘臭かったんだよなあ！

「ああ、いや別にそこは問題じゃないよ」

オカロは顔の前で両手を振りながら言う。

「父さんが残したもので僕には手に余るものだったし、あれを完成に持っていけるのは、たぶん娘くらいなものだからね」

「なるほど」

身内の話で済むのなら、それに越したことはない。

「それに、むしろ持ち出してくれたのはファインプレーかもしれない」

オカロは含みを持たせたように、言葉を続ける。

「僕が退陣に追い込まれたのにも、その設計図が関わっていたんだ」

「関わっていた？」

良いよ良いよと言っておきながらも、首になった理由は、紛失が理由なのだろうか。

それはそれで心苦しいぞ。

「それ、うちも興味あるわ」

俺とオカロの話に、マイヤーがずいっと顔を寄せて入ってきた。

「C．Bファクトリーの代表さんが退陣したなんて、普通やったらすぐ商会筋から情報が来るもんやけど、今日この場で初めて知ったんやし」

彼女はジト目を向けながら続ける。

「あと飛行船とか聞いてへんで？　トウジ、隠すのも大概にしいや」

「す、すいません」

ほぼ十歳下にすごまれ、素直に謝ることしかできなかった。

「ほな、話を続けて。元代表はん」

「う、うん」

ころっと表情を変えたマイヤーに圧倒されながらもオカロが尋ねる。

「そういえば商会筋って言ってたけど、君はいったい……？　イグニール君とトウジ君は冒険者だって聞いてるけど……」

「うちはマイヤー・アルバート。アルバート商会の者です。一応、C．Bファクトリーとは魔導機器の原材料関係で、お付き合いさせてもらっとります」

「アルバート商会って……C．Bファクトリーの大手取引先じゃないか！　ねえ、僕の作った券売機の調子はどう？　君のところがプロデュースしてる、回転率と効率を重視した飲食店に貢献できているかい？」

マイヤーの正体を知って、急に饒舌《じょうぜつ》になるオカロ。

おっさんの店に置いてあったあの券売機って、オカロが作ったのか。

「それはもちろん、大活躍です。完全前払い制導入したら、もうあれ無しではやっていけませんってレベルですわあ」

「ふむふむ。今は木札が落ちてくる簡易タイプだけど、ゆくゆくは紙に印字できるように改良して、その券を注文に使ったら、さらに効率化できると思うんだよね。ほら、いちいち木札を指定の場所に入れなくても、ロール状にした紙と魔石を交換するだけになるから、木札の詰まりとか破損とかを防げるだろうし！」

「おお〜！　せやったら是非是非、試作機できたら見せてもらいませんと！」

「あ、あの……？　お二方……？」

何だか盛り上がってるみたいだけど、また話がどこか飛んじゃってますよ。

改良とか試作機とか、オカロ退陣に追い込まれて無職だから作れないだろ。

ウィンストも苔《こけ》っちもそうだけど、俺ってつくづく無職に縁があるみたい。

「おっと、そうだったね……僕、今無職だし、C．Bファクトリーとも関係ないから、せっかく作った券売機の改良も手伝えないね……ごめんね、マイヤーさん」

「いやいや、ええですええです！　トウジ、何言ってんねんもう！」

「ご、ごめん」

まさかこんなに急に落ち込むとは思わなかった。

「とりあえず、詳しい話を聞かせてもろーてもええですか？　なんや、C．Bファクトリーも内部でごたついとるようですやん。事前通達もなんもせんと代表が退陣させられるんは、きな臭いですわあ。オカロさん、うちで力になれそうなことがあったら何でも言ってください」

「ありがたい言葉だよ、本当に」

むむ、マイヤーめ。

なんだかこれを機に、オカロを取り込もうとしている感が否めない。

そうはさせないぞ。

オカロは俺が飛行船作りに誘うんだからな！

マイヤーの顔を見ながらそんなことを考えていると、目が合った。

金色に輝く大きな瞳が俺を射貫《いぬ》く。

「トウジ、うちも飛行船に興味あるし、せやから混ぜてな？」

「う、うん……」

もしかしなくても、これが狙いだったのだろうか。

先日、これから商売に力を入れていくと熱く語っていたので、商売人として飛行船の計画に混ざる判断は大正解である。

海運が主流の今、誰よりも先に空輸に着手したら、間違いなく有利なのだ。

俺でも簡単に理解できるのだから、長年商売に携わってきたマイヤーは、もっとその先のことが想定できているのだろう。

俺としてもマイヤーが混ざるのは悪くないと思った。

理論のオスロー、技術のオカロ、材料調達のマイヤー。

飛行船計画が大きく動き出す瞬間なのかもしれない。

「……ん？」

そこで疑問が湧いた。

商会にとって、飛行船の計画は絶対に外に漏らしてはいけない物で、どうしてオカロはそれをファインプレーだなんて言ったのか。

重要資料を紛失してしまったことによる退陣は仕方ないかもしれないが、別の何かがあるようにも思えた。

「オカロさん、退陣の理由を聞かせていただいても良いですか？」

「まあ、方向性の違いってやつかな？」

そんな言葉を皮切りに、オカロはようやく追い込まれた理由を話し始めた。

数ヶ月前、まだC．Bファクトリーの代表を務めていたオカロは、飛行船の建造に大きな期待を寄せていた。

「今でこそ、まともな運航ができている物流の要、海運業だけどさ」

過去はもっと酷かった、とオカロは語る。

今でも度々、貿易船が魔物や海賊に襲われ、大きな損害を被《こうむ》っているが、それ以上だったらしい。

「大空を舞う危険な魔物は、人前に滅多に姿を現さない」

一番危険が多いのは陸と海。

危険な空路がある可能性を考慮しながらも、その安全性は確かだった。

「革新的だったんだよ、飛行船は」

「ねえ、もしいきなり空からドラゴンがわーって襲って来たらどうするし？」

「ははは、だったら陸も海も関係ないよ」

ジュノーの馬鹿みたいな疑問に、笑って答えるオカロ。

本当にその通りだった。

同じルートの上空を飛ぶだけでも、危険な海域や森林地帯を回避して、人や物を前より速く運べる。

商会を率いるオカロにも、その価値は容易に理解できた。

「父さんが途中で挫折した飛行船。完成させたかったんだよね」

何よりオカロ自身も、オスローと同じような空への思いを秘めていたのである。
C．Bファクトリーは、魔導機器の先駆けとも言える大商会。
開発を続ける体力があったので、飛行船を完成させるのも不可能ではなかった。

オカロの父親、カルロ・ブリンドが残した穴だらけの飛行船の設計図。

それを元に、改めて設計を進めようと、オカロは取締役会に提案した。

「でも、そこで問題が起こったんだ」

取締役会に、飛行船というアイデアは大いに受け入れられた。

だが方向性の違いが浮き彫りとなる。

「僕は、飛行船の試験運用も兼ねて、遊覧船として使いたかったんだ。安全性を確保した上で、まずは人々に、空に慣れてもらうことから始めるべきだと思ったんだよ」

ギリスに来て初めて見た、最新式の推進器を搭載した遊覧船を思い出す。

オカロは、プロモーションを兼ねた事業から着手すべきだ、と主張したそうだ。

「だけど、反対意見が出てね」

このアイデアは、C．Bファクトリーのさらなる一強時代を築くコア事業だとして、一般には公開せず、国上層部の要人のために開放するべきだ、そっちの方が遥《はる》かに莫大《ばくだい》な利益を獲得できる、との声が上がったのだ。

「まあ、特別なもんは特別にしといた方がええしなあ？」

商人であるマイヤーも、反対意見に同意しているようだ。

しかし「でもまあ」と言葉を続ける。

「そこに拘《こだわ》らんでも、別の枠組みで特権をつけたればええやん？　客は多いに越したことはないんやから、オカロさんの意見も間違ってない。長期的に見るか、短期的に見るかの違いやろうし」

「そうだね。反対意見が出た理由って、僕がプロモーション費用を全て自社持ちにしたってこともあるんだけど」

「そら色々、意向を無視し過ぎやわ、オカロさん」

「でも長期的に見た場合、絶対に回収できるって見込みはあったんだよ。飛行船の建造はコストも馬鹿にならないくらいかかるし、絶対にうちにしかできないプロジェクトだからね」

国が主導して魔導機器研究分野を支援しているので、魔導機器を扱う商会もどんどん増えている状況だ。

既存の商会が危機感を抱いてもおかしくなかった。

だが今まで作り上げて来たブランドは、そんなもんじゃ揺らがない。

オカロの後にはオスローがいる。

広く一般的に公開しても十分に戦っていけると、オカロは踏んでいたのだ。

「何より、C．Bファクトリーは、みんなの生活をより良くするための商会だよ？」

その方向性を崩したくないと思っていたわけである。

「なるほど」

一連の話を聞いて、至極真っ当な意見だと思った。

顧客のことを第一に考えたオカロの意見に、俺は賛成である。

つーか、ほとんどの人は賛成すると思うんだけどな？

「なんでこれで退陣に追い込まれたんだ……？」

経営を揺るがすような、とんでもない意見でもないのに、おかしくないか。

「内部に既得権益を狙う面倒なのが紛れていて、気がついたら孤立してたんだよね」

「ああ、なるほど」

「僕を追い出すことは、かなり前から準備していたみたいでさ。本当にすごい速さで退陣に追い込まれてびっくりしたよ！」

説得を試みようとしたものの、役員はすでに買収済み。

どうすることもできなかったそうだ。

「手立てはなかったん？　味方の一人くらいはおるやろ？」

「……ブリンド家の人間は代々、友達が少ないんだ」

落ち込むオカロに、何と言葉をかけて良いのかわからなかった。

父や娘よりはマシで、多少は友達もいたらしいのだが、C．Bファクトリーで働く研究者や技術者が多かったそうだ。

「そこを味方に引き込めば十分やない？　ある意味、会社って従業員で成り立っとるもんやし？」

「だから、対抗できると思ってたよ」

最悪、新しい商会を立ち上げて、従業員を引っこ抜くことも考えていたとのこと。

「それで、説得力になるような物を探してたんだ」

家族を持つ者に、いきなり今の職場を捨ててついてこいとは言いづらい。

自らの意見に納得してもらえるような何かを、オカロは探し始めたのだ。

「まあ、どうせ飛行船を使って悪どいことをするはずだと思って探ってたら……もう出るわ出るわ、武器の密輸に人身売買の候補地、さらに、国際的に手出し無用とされた勇者の件とか」

「勇者……？」

思わず、そのワードに反応してしまう。

「うん？　デプリ側から裏金をもらって、飛行船の一つを勇者の乗り物にしようと企《くわだ》てたっぽいよ。ギリスは勇者に関して、ノータッチを貫くつもりなのにね」

「うわぁ、速攻で腐ってもうてるやん……」

これには一同、辟易とした表情を作っていた。

勇者の話もあって、俺は心の中でもう三回くらい、「うわぁ」と呟いておく。

海を越えて来るとか、勇者どんだけ。

「で、怪しい動きをしているのがばれて、命からがら逃げ出したんだよ。たぶん捕まったら殺されてただろうね」

必死で森に逃げて、食べ物もなくて意識を失ってしまったそうだ。

「なるほど、そこであの森で倒れているところに繋がるんですか」

「うん。森を抜けて港町に出て、国外の商会に助けを求めてみようと考えてたんだけど、結局迷ってどうしようもなくなってたから……本当にありがとう」

今一度オカロは頭を下げた。

「実は設計図もちょっと前に失くしてて、あいつらの手に渡ったら本当に不味いかもって思ってたんだけど……娘が持ってるなら安心だよ！」

「でも、その娘さんも消息不明やろ？　なんかやっぱ、家族揃って厄介ごとに巻き込まれてる可能性があるんちゃいます？」

「僕もそれが心配なんだけど、トウジ君に心配ないって書き置きをしていたのなら、大丈夫だと思うよ。娘は僕の父さんに似て、わかりづらい言葉を好んで使う面倒くさい気質を持ってるけど、決して嘘はつかないからね」

父親だったらもっと心配しても良いと思うんだけど、それは信頼しているから、ということで納得しておこう。

「ならええけど、オカロさんはこれからどうするん？」

「そうだね……僕は、C.Bファクトリーを止めに行くよ」

マイヤーの問いかけに、オカロは少しだけ考える素振りを見せ、決意したように言った。

「そもそもさ、商会が利益を追求するのは間違ってないって、僕も理解しているんだ。マイヤーさんの言っていた通り、短期か長期かの違いさ。何にせよ、ぶつかり合うことで良い折衷《せっちゅう》案が生まれるとは思っていたんだよ」

「それは大事やなあ」

「C.Bファクトリーがここまで大きくなったのは、僕だけの力じゃないから」

でも、とオカロはさらに続ける。

「悪どいことだけは阻止したい。悪どいことに利用されるのは、絶対にね」

亡き父が作った商会と、今まで一緒にやって来た連中をも汚す行為だからだ。

ひょろっとした第一印象と違って、今のオカロの目には強い意志が宿っている。

ここまで商会が大きくなったのも頷けた。

「とにかく僕はケリをつけに行かなきゃ。悪名が広がるくらいなら商会を終わらせた方が良い」

オカロは立ち上がると、ダンジョン部屋のリビングから出て行こうとする。

「待って」

今まで黙って聞いていたイグニールが止めた。

「一人で行くつもりかしら?」

「まあ、そうだね」

その問いかけに振り返りながら、オカロはやや苦笑いを浮かべる。

「でも、無策で行くつもりはないよ」

「どんな作戦かしら？」

「こっそり従業員たちの元に顔を出して、全てを話して味方に引き込んでいくつもりだから……うん、一人じゃないはず」

まるで不安を覆い隠すように一人で頷くオカロの姿に不安になった。

「さすがに危険ですよ」

無策ではないが、無謀な気がしたので、さすがに俺も止めに入る。

「取締役会の人が買収されたように、金を積まれたら人はすぐに寝返りますし」

さらに自分の命が危険な状況ともなれば、金を積んでも裏切るのだ。

くるくると手のひらを返して、最後は逆恨《さかうら》みだってありえる。

いや、実際にあった話だ。

もちろんそうじゃない人だっているが、権力や地位は力なき人を否応《いやおう》なしに強制させる。

オカロの話に乗って、反旗を翻《ひるがえ》せる人が、いったいどれだけいるのだろうか。

「でも！　僕の責任だから」

「オカロさん、一度落ち着いてください」

「十分落ち着いてるさ」

いや、本当に落ち着いているなら、一人で焦って味方を集めに行く必要はないはずだ。

それしか選択肢がないから、不安に駆られて動いてなきゃ安心できないのだろう。

「傍目《はため》から見て、焦ってるようにしか思えないです。とにかく話を整理しましょうよ」

最初に頼ろうとしていた国外の商会関係者がここにはいる。

「設計図はオスローが持っているのだから、そう簡単に、C．Bファクトリーは飛行船の建造には移れないでしょう？」

「そうだけど……」

「だったら先に、オスローの捜索からやりましょう。設計図の確認が取れてからでも、反旗を翻すのは遅くないですよ」

なんでも良いから、一旦冷静になる時間が必要だ。

娘の安否確認ができれば、さすがに頭が冷えるはずである。

「……何か、トウジ君には案があるのかい？」

「案というほどのものではないですけど」

取り急ぎ思いついたことをオカロに話す。

「C．Bファクトリーに変わる、新たな商会を立ち上げるのはどうですか？」

「え？」

俺の案に、目を丸くするオカロ。

「もともと飛行船は個人的に作るつもりでしたし、技術やコネを持つオカロさんが手持ち無沙汰《ぶさた》ならば、その辺で協力をしていただきたいと」

こっちが先に飛行船を作ってしまえば、今のC．Bファクトリーの鼻をへし折れる。

無職になったオカロの新たな働き口にもなり、飛行船も作れて一石二鳥。

オカロがC．Bファクトリーから技術者をどんどん引き抜けば一石三鳥。

「トウジ君、良いのかい？　ギリスいちの商会を敵に回すことになるけど……？」

「別に良いですよ」

闘う土壌を用意する役目を担うが、実際に勝負するのはオカロ自身なのである。

俺は飛行船ができればなんだって良いのだ。

「あっさりだねぇ……」

「そうですか？」

あっさりとした俺の返答に、唖然とするオカロだった。

これでもし上手い具合にことが運んだとすれば、俺は商会のオーナーとなる。

運営なんてできるやつにやらせて、利益だけ得ることも可能だ。

一石だけで、いったいどれだけの鳥を得る結果につながるのか予想もつかない。

それだけの資金が、今の俺の手元にはある。

「トウジ、どういう風の吹き回しなん……？」

隣を見ると、オカロと同じような顔をするマイヤーがいた。

今まで販売に関してはずっと彼女を通して続けていた分、俺が商会を作るという話に驚きを隠せないようである。

「うちは、もういらへんの？」

「ええ？　そんなわけない。これからもマイヤーを通して品物は流し続けるよ」

販路は多い方が良い。

「ほんまあ……？」

「うん。つーか、この件に関してはマイヤーにも協力して欲しい。俺はお金があっても伝手がないから、アルバート商会の名前で立ち上げさせてもらえると助かるんだよ」

アルバートの名前があれば、ギリスの他にトガル全域にまで販路が広がる。

一枚噛ませろ的なことを言っていたが、全部噛んでいただきましょう。

出来上がったものは全て、マイヤーに任せたいところだ。

だって俺、経営的な知識は皆無だからな！

他力本願もここまで来たか、と自分でも思うが、できないことは人に頼む。

それで良いじゃないか！

俺は必要なお金を全て出して、必要な素材をかき集める係を担います。

分業だよ、分業。

「にゃるほど！　トウジの力にならうちはなんぼでもなったるで！」

「心強いよ」

「でも、さすがに魔導機器関係の伝手は厳しいで？」

うーん、と悩みながらマイヤーは言う。

「その辺を見越して学院に入学したっていうのもあるけど、まだまだ先の話やったし、結局アルバートは魔導機器商会に対する素材の卸売業者でしかないんや」

C．Bファクトリーの販路拡大を機に、魔導機器商会に仲間入りするのではなく、素材の提供範囲を広げようとしていたのが、アルバート商会である。

設計製作を担うアーティファクト研究者の伝手は厳しいとのこと。

「下手に向こうさんから引き抜いたら、警戒されて元々の取引もお釈迦《しゃか》やん？　そうなったらうちがおとんに怒られるわあ」

確かに、マイヤーの言う通りである。

開発には研究者が必要で、さすがにその人材を引っ張ってくるのは難しい。

「やっぱり僕が行って、新しい商会を作るからこないかって、C．Bファクトリーの仲間を引き抜いて来るしか！」

「だからそれは危険ですって、戻ってきて座ってお茶でも飲んでください」

再び走り出すオカロを捕まえて、椅子に座らせておく。

「ポチ」

「アォン」

ポチに指示を出して、紅茶と茶受けのお菓子を無理やり口に含ませた。

「わあ、な、何これ。椅子から動けないくらいまったりしてしまう……」

強制的な和みを与えることにより、相手を落ち着かせるポチの秘儀である。

すげぇや。

「マイヤー。アルバートは名前と素材提供をするだけで大丈夫だよ」

こっちで全て買い付けられる状況が整えば、逆にC．Bファクトリーを兵糧《ひょうろう》攻めだ。

そして伝手の問題だが、ないことはない。

「あら、そういうこと？」

ちらっとイグニールに目を向けると、彼女はポンと手を叩いて反応した。

「ローディね？」

「そうそう。彼女って小さな魔導機器商会の研究者だろう？　協力を仰《あお》げないかな？」

「聞いてみる価値はあると思うわよ」

「よろしく頼む」

恐らく、イグニール狂いのローディならば、彼女のためになんとかするはずだ。

苦肉の策だが致し方ない。

ローディとは関わり合いたくないが、どうせいつか、どこかで邂逅《かいこう》するだろう。

その前に、先手を打っておく！

俺は出資者ポジションについて、イグニールを秘書ポジションに置いておく。

冒険者活動さながら、秘書なら四六時中一緒にいたとしてもおかしくはないはずだ。

もうこれは、一石を投じただけで何鳥も得たどころの話ではない。

この一件を上手く隠れ蓑《みの》にできれば、その価値は今手持ちにある全財産を凌ぐ。

「成功させましょう！」

「え？　あ、うん」

俺はオカロの手を強く握りしめた。

「トウジ、いつのまにそんな伝手を持ってたん？」

「トガルにいた時にちょっとね。この伝手はイグニールの功績が大きいよ」

イグニールから教えてもらうまで、すっかり忘れていたのである。

「私の縁が、こうして何かしらに返ってきそうなのは嬉しいものね」

嬉しそうなイグニールだが、俺はあの手紙の文面を思い出す度に、心臓がキュッとしていた。

「とりあえず、これでお金、素材、研究者が揃うことになるから、マイヤーとオカロさんで引っ張ってってくれれば形にはなるはずだよ」

それぞれプロだからね、経営の。

「せやな！　トウジの資金力は大手商会に匹敵する規模やし！」

「個人の資金力が大手商会に匹敵って……トウジ君は御曹司《おんぞうし》か富豪なのかい？」

「まあ、その辺はなんだって良いじゃないですか、お金があれば」

細かいことを気にしてもしょうがない。

「どうですか？　オカロさん」

「そこまでお膳立てされて、やらないわけにはいかないよ！　うん、うん……ありがとう、本当に、ありがとう……」

良い大人が涙を流しているわけだが、それも良しとしておきましょう。

大人にだって、ついつい涙が出ちゃうことはあるんだ。

むしろ歳を取れば取るほどに、涙腺が緩くなっている気がしないでもない。

第四章　救出作戦！　もふもふ大暴れ！

取り急ぎ、イグニールが案内役となり、件《くだん》のローディを訪ねることになった。

オカロ、マイヤー、イグニールの三名で赴いて、アルバートではなくマイヤー個人の名前で商会を立ち上げ、協力を仰ぐ。

そうやって水面下で動き、消息不明となったオスローの確保ができ次第、全員一丸となって飛行船の建造を推し進めていただくのだ。

できればオカロとオスローの隠れ蓑としても利用したい。

あくまで願望であり、交渉が上手くいかなかった際は、ダンジョン部屋にスペースを用意し、そこを研究所兼住居という形に収めよう。

ま、上手く行くだろうな。

イグニールがローディに「お願い」すれば、万事解決するだろうと予想している。

あの手紙を読んだだろう？

愛されるためなら、躊躇なくなんでもするタイプだ。

「よし、頼むぞコレクト」

「クエーッ！」

三人が動いてくれている間、俺はパンダ女探しを行っていた。

探し物は得意なのさ、コレクトがいるからね。

オスローのことを強く思うことで、コレクトの能力が反応し導いてくれる。

え？　俺はローディのところには行かないのかって？

行くわけないだろ、パンダ女の方がマシだ。

ローディの魔の手がイグニール以外の二人に及ぶ危険に備えて、一応護衛としてゴレオを同行させてある。

「クエーッ！」

「……あのコレクトさん？　気合十分なのは良いことだけど」

あんまり騒がしくしないで欲しかった。

キョロキョロと辺りを見渡しながら、飛び回るコレクトを追う身にもなってくれ。

「クエッ！」

「心配しないで、確実に見つけてみせるって言ってるし！」

コレクトの背中に乗って通訳をするジュノー。

「いや、そうじゃなくてだな……」

探すのは良いけど、そのクエクエうるさい鳴き声をどうにかしろと言っているんだ。

鳴き声が人目を引いて、追いかける俺に視線が集まる。

コボルトを抱っこして鳥を追いかける、意味のわからない人になっていた。

「ママァー、あれ見てー！」

「あああああああ！」

幼女の声が聞こえたので、耳を塞《ふさ》いで走る。

他の人に変に思われるのは知らんけど、純粋無垢《むく》な幼女だけは勘弁だった。

マジでオスロー見つかってくれ！　早く早く！　頼むぞ！

そう強く思えば思うほどに、コレクトの調子は上がってスピードを速める。

「ママァー、あのおじさん鳥さん追いかけて遊んでるー！」

「ついていっちゃダメよ！」

本当に追いかけて来ちゃダメだよ！　来ないで！

できれば見て見ぬ振りをしてください、お願いします。


「クエエエエエッ！」

「……はぁ、はぁ……着きましたってか、はぁはぁ……」

「トウジ、息上がってるし？」

「そりゃな！　背中に乗って楽してた誰かとは違うし！」

散々街を走らされてようやくたどり着いた場所は、様々な魔導機器商会の店舗が立ち並ぶ商業区画を、さらに奥へと進んだ区画だった。

地図によると、C．Bファクトリーやその他、大手魔導機器商会の研究施設が存在するらしい。

ここで日夜研究と製作が行われ、様々な実用実験をクリアしたものだけが量産されて、手前の商業区画の店舗へと並ぶ。

「つまり敵の本陣か……」

できることなら首都の端っことか、別の街で息を潜めていて欲しかった。

敵陣真っ只中にいるなんて、いよいよ雲行きが怪しくなって来た気配がしないでもない。

「厄介だな」

ご丁寧に、目の前にはC．Bファクトリーの看板が見えていた。

怪しくなっていた雲行きは、曇天《どんてん》どころか大荒れの模様。

「本当にこっちで合ってるのか？」

「クエ」

信用しろ、と胸を張って頷くコレクトである。

ポチの料理の腕と同様に、無類の信頼を寄せているコレクトの捜索能力。

オスローは、この奥にいるのだろう。

「仕方ない、乗り掛かった船だ」

水面下で動くつもりだったのだが、背に腹は代えられない。

「アォン」

「トウジ、ポチがどうやって入り込むのかだって。ここ、ぐるっと高い塀で囲われてるし」

「あー、それか」

ジュノーの言う通り、研究所は高い塀で囲われていた。

情報を漏らさないようにするための措置だろうと推察できる。

「壁をよじ登るし？　あたしがコレクトと見てこよっか？」

「いや普通に入るよ、見学がてら」

「えっ」

「……ォン？」

そう告げると、目を丸くするジュノー。

ポチはそんな方法で良いのか、と呆れた目をしている。

「良いんだよ。堂々としてる方が目立たないからね」

現状、俺は敵でもなんでもなく、ただの冒険者。

おたくが出してる冒険者向けの魔導機器を見に来たとか、Ａランク冒険者という立場を使って難しいダンジョンを攻略するための魔導機器開発を依頼したいとか、そんな感じで訪ねればいけると踏んだ。

「ほら、ここで変にコソコソすると怪しまれるから行くぞ」

正面入り口から、入らせてくださいってお願いしよう。

そうして俺はポチたちを連れて、正面ゲートからの侵入を試みる。

「止まってください。従業員カードはお持ちですか？」

「ないです」

「すいません、原則関係者以外立ち入り禁止となっております」

アポなしだから、警備員に止められることは予測できていた。

俺は身分を証明するAランクのギルドカードを提示し、事前に考えていた文言を並べる。

「これから断崖凍土の攻略を考えている、Aランク冒険者のトウジと言うのですが、少し作っていただきたい魔導機器がございまして」

「冒険者からの製作依頼は、全てギルドを通して行っていただく決まりになっております。直接的な出入りは、ギルドの印象もよくないと思いますので、今一度ギルドを通してからご来所お願いいたします」

……そう来たか、ギルドを盾《たて》にするとは卑怯《ひきょう》なり。

よくよく考えたら、冒険者への販売はギルドを通して行われていた。

だから、製作依頼もギルドを通さなきゃいけないという話もおかしくはない。

はい、俺の準備不足です。

後ろからポチ、コレクト、ジュノーの溜息が聞こえてきた。

なんだよ、なんだよ……。

「えっと……わかりました。出直します」

「はい、ではまたのご来所をお待ちしております」

回れ右して、俺はすごすごと引き下がる。

今の俺の後ろ姿は超絶格好悪いだろうな……。

イグニール連れてこなくてよかった。

堂々と正面から入ると意気込んで、堂々と正面から断られたのである。

あれ、なんだこれ恥ずかしい。

「アォン……」

「クェェ……」

「わかってるよ、俺の準備不足だったよ」

でも、これ見よがしにでかい溜息をつく必要はないんじゃないか。

いじめだよ、いじめ。

「トウジ、結局どうするし？　お金でも積んでみるし？」

「いや、さすがにそれは不味いと思う」

俺も、賄賂《わいろ》を渡そうかとも思ったのだが、ギルドの評価が悪くなってしまいそうだ。

ギルドはこの世界を生きていく上での生命線の一つである。

印象を悪くしてしまうのは避けたい。

「あっ、だったらパンケーキ食べさせて、まったりしている間に入っちゃうのは？」

「それはお前だけだろ」

パンケーキ師匠にしか通用しない技を警備員に使っても意味はない。

「む！　ならどうするし！　パンケーキをバカにするなし！」

「少なくともパンケーキをバカにしてるつもりはないよ」

「なら良いし」

……良いんだ？

間接的にジュノーをバカだと言っているのだが、気が付いていないなら良しとする。

「まあ、別の案もあるから安心しろ」

「別の案だし？」

「うん、ポチちょっとおいで」

「アォン？」

首を傾げながら寄ってくるポチを抱き抱えると、つむじらへんの毛を毟《むし》り取った。

「アォォォォーン!?」

「ごめんごめん、ちょっと痛かったな？」

「アォンアォン！」

「ちょっとどころじゃない、だってさ」

抗議の声を上げるポチ。

すまんな。でも、ほんの少し毛を拝借しただけじゃないか。

痛さで涙目になっていたポチの涙も、小瓶に掬《すく》い取っておく。

「さて、次はコレクトの番だ」

「ク、クェ……」

「すぐ終わるから大丈夫だよ」

「クエッ！」

脳天を押さえて涙目になるポチを見たコレクトは、飛び去って逃げようとする。

そうはさせないと、図鑑に戻して再召喚。

首根っこを押さえつけて、痛そうな部分の羽をわざわざ毟り、涙も頂戴《ちょうだい》する。

「クゥウゥウェェェエエ！」

「はいはい、ごめんごめん」

適当に謝って、採取した毛と涙を用いて秘薬を生成。

「トウジ、さっきから何をやってるし……？」

「これが、正面から入れなかった場合の作戦だよ」

今し方作ったものは、浄水に錬金の粉やら魔物の素材を用いた、変身の秘薬。

素材として使用した魔物そっくりに変身できるという代物。

それには体の一部や体液が必要だったので、わざと痛い部分を毟ったのだ。

断じて溜息つかれたから仕返ししたとかではない。

「それを使ってどうするし？」

「コレクトに変身して、空から研究所に入るつもりだよ」

その名も、変身の秘薬で潜入大作戦だ。

「アォン……」

おおーとはしゃぐジュノーを尻目に、ポチは溜息をついていた。

コレクトに変身するのが目的ならば、いちいち自分の毛を抜く必要はないはずだ、という視線をひしひしと感じる。

「いや、コレクトに変身しても飛べない可能性があるだろ？」

鳥だって、生まれた時から飛べるわけではない。

親鳥から飛び方を学び、練習して飛べるようになり巣立つのだからね。

飛行の練習期間が必要なら、作戦を変更し、ポチに変身する。

ポチでも入れそうな小さな隙間があったら、そこから体をねじ込むつもりだ。

だめでも、なんとなく勝手に迷い込んじゃいましたって感じの従魔を装う。

主人を見失って「くぅんくぅん」と鳴く、お腹を空かせたコボルトを演じればいけるはずだ。

「俺だったら、そんなコボルトを見たら部屋に招きたくなるけどな！」

「アォン……」

「そんなに力説しなくても、もうわかったよ……だってさ」

ちなみにゲームでは、鳥に変身してもプレイヤーが自由に動けるわけではない。

好きな魔物に変身し、地面をバタバタと歩き回る完全なネタアイテムだった。

「よし、早速変身！」

ポンッ！

コレクションピークの変身の秘薬を飲むと、煙が俺を包み込んだ。

そしてポチの顔を見上げるくらい、視界が一気に低くなる。

「おおー」

翼を確認すると、本当にコレクションピークに変身していた。

身につけていた装備は見えないが、ステータスを確認すると、しっかり補正がのっている。

目には見えないけど、装備は身につけられている判定になっているっぽい。

「わあ！　なんかすっごい頼りない目つきのコレクトだし！」

「うわちょっと！」

「なんか新鮮で可愛いから、次からこっちに乗るし！」

いつもコレクトにしているように、ジュノーが俺の背中に体重を預けてくる。

ジュノー自身も常に浮いているせいか、思いの外、重さを感じなかった。

なんだか新鮮な感覚である。

「クエッ!?　クエクエッ!!」

「はあ？　飛べない鳥はただの鳥？　急に何を言い出してるんだお前」

お株を奪われて悔しかったのか、コレクトが抗議の声を上げていた。

飛べない鳥はただの鳥ではなく、鳥以下だぞ……。

「さて、飛べるか確かめてみるか」

「ねえトウジ、その姿でも人間の言葉なんだね？」

「あー、姿を真似してるだけだからだろうな」

コレクトの言葉も未だに理解できないので、恐らくそう。

魔物の能力を使えたり、言葉がわかるようになったりするなら便利だが、そんなに美味しい話はない。この秘薬は姿を変えるだけのものなのだ。

「人間の言葉を話してたらバレるし？」

「人前で喋らなければどうにでもなるだろ」

そもそも普通の魔物は人語を理解できないのが多いから、人前で喋らない。

「なるほどそっか～？　よし、ならさっさと飛ぶし！」

適当に納得して容赦《ようしゃ》なく体を押し付けてくるジュノーである。

意外とあるな、こいつ。

サイズ感が同じくらいになれば、それなりにメリハリのある体だってことが判明した。

「ジュノー、とりあえず降りてもらえる？」

「えー」

いや、今の俺は、飛び方を知らない鳥生活一日目の雑魚鳥だぞ。

最初からジュノーを乗せて飛べるほどの腕は、いや翼はない。

「クエッ」

「コレクトがこうやって飛ぶんだよだって」

「ふむふむ」

コレクトが教えてくれるようなので、真似して翼を動かしてみる。

バサバサ、バサバサバサ。

「うーん、一応真似して羽ばたいてるけど、難しいぞこれ……」

一頻《ひとしき》りコレクトを真似てバサバサしてみたのだが、一向に浮かない。

ダメだな、作戦変更しよう。

ただコレクションピークに変身して、鳥ってすごいねって思うだけだった。

俺に空は早かった。地に足をつけて、コツコツ地道に努力する方が向いている。

「つまんなぁ～だし」

「あのさあ、遊びじゃないんだって」

確かに見た目は、小さな従魔たちがわいわい遊んでいる風に見える。

しかし本当の目的は、ここにいるオスローの捜索だ。

「とりあえずポチに切り替えて、どこか入れそうな場所を探そう」

ポンッとポチに変身する。

ちなみに変身の持続時間は三十分で、任意解除が可能。

「……なんか、頼りなさそうなポチの弟って感じだし？」

「そう？　まあ俺自身がタレ目だからかな？」

完全に同じ姿に変身するのではなく、やや元の人物寄りになってしまう。

意外な弱点が見つかってしまった。

だが頼りないという言葉はいただけないな！

料理とか家事を完璧にこなせるわけではないが、今の俺は、魔装備を作り出すコボルト。

ポチと肩を並べるほどの、ハイパーゴッドコボルトなのである。

「オン？」

同じ身長、同じ種族になった俺をまじまじと見ながら、一つ鳴くポチ。

主人である俺が同じ姿になっていることが、かなり不思議に感じるようだ。

「オン」

試しに俺も真似して鳴いてみた。

鳴き声の練習である。

「アォン」

「アォン」

「クゥン」

なんか知らないけど面白かった。

「オン！」

「オン！」

グッと親指を立てて、上出来だ、という意思を示すポチ。

お墨付きも得たことだし、侵入大作戦をスタートさせようか。

◇　◇　◇

「……こ、これは！」

ミニマム軍団がてちてちと歩きながら、入れそうな箇所を探していると、後ろから驚いたような声が響く。

聞き覚えのある声に振り返ると、見知った人物がいた。

「トウジの従魔のポチじゃないか！　それにジュノーとコレクトまで！　どうしてここに？」

このシミのついた白衣と、パンダみたいな隈《くま》がすごい目元は、オスローである。

心なしか、前より小汚くなっているように思えた。

「……ん？　君たちだけか？　トウジはいないのか？」

すまんな、俺は今ミニマム軍団の一部なのである。

「とりあえず、私の状況を伝える良いチャンスだから、手紙を預かってもらいたい。おっと、今は書く物を持っていないから、研究室まで同行してもらっても良いだろうか？　人じゃなければ部外者だと思われないから、君たちは入って大丈夫さ」

大股びらきで俺たちの前に座り、ぶつぶつとそんなことを呟くオスロー。

ちょっと、スカート姿なんだから気をつけなさいよ。

小汚いとは言えども、一応女の子なんだからね。

「む？　待ちたまえ、何故ポチが二人もいるんだ……？」

ようやく瓜《うり》二つのコボルトに変身した俺に気付くオスロー。

賢い彼女ならば、この場に俺がいない理由を理解して、このポチに瓜二つのコボルトは、俺が変身した姿だって気が付くだろうか。

これは見ものだな。

「そうかなるほど。トウジはコボルト大好き人間だから、新しい従魔を迎えたわけか」

なぬっ!?

「そして君たちは新入り君に街を案内していた、というわけだね？　まったく良くできた従魔たちだ。そこの新入り君の名前は何かな？　私はオスロー。そうだ、クッキーを持っているけど食べるかい？」

オスローは、俺がまた新しいコボルトを従魔にしたと思っているようだ。

俺がどんな印象を持たれているのか、問い詰めたい気分である。

ちなみに、ポチ以外のコボルトを従魔にするつもりはないからな。

これから先も、ずっとポチと一緒に過ごすつもりだ。

「ふむ……」

オスローは何やらキョロキョロと周りを見渡すと、急に俺にガッと手を伸ばした。

おわっ⁉

一瞬の出来事に硬直していると、しっかり抱えられる。

「ふああ、新入り君の抱き心地も最高だね。毛並みの良さで選ばれたのかな？　ああ、私も欲しいコボルトが欲しい。こんな癒しがあれば、枯れた日常にも潤《うるお》いが出てくるというのに！　はあああ、よしよしよしよしよしよしよし！　うふふ、うふふふふ、良い子ね良い子。可愛い可愛いわんわんわんわん」

「……アォン」

揉《も》みくちゃにされる俺を見て、ポチが溜息をついていた。

な、なるほどこんな気持ちだったのか。

決して悪くはないけど、長時間になると厳しい。

俺のもふもふ攻撃を受け入れてくれているポチの器《うつわ》のデカさを知った。

「とにかく君たちはこっちに来なさい！」

鼻息を荒くしたオスローに連れられ、俺たちは研究所へ入ることに成功した。

ぶっちゃけそのまま連れ帰ればよかったのだが、揉みくちゃにされていて、それどころじゃなかったのである。

それにしても、わざわざC．Bファクトリーの研究所に入っていくなんて、どういう風の吹き回しなのだろうか。

実の父親が殺されかけた場所だ。

深い事情があるかもしれないので、それを探るまではコボルトのままでいよう。

何より今ネタバレしてしまうと、オスローの黒歴史になってしまうからね。

探さないでください、なんて感じで消えられたら困るので、色々と事情を探った後に、元の姿で連れ戻しに来た方が良いか？

「はああああ。人前では絶対にできないけど、今日はトウジが見てないから、頬擦りだってなんだってできるぞ、ぐふふふ。なんという幸運だろうか。今日を逃すと、二度とこの瞬間は来ない気がする。ふあああああ、うふふ、可愛いでちゅねー？　ぐふふふふ」

「……」

うん、見なかったことにしよう。

飛べ、俺の記憶。

◇　◇　◇

「オスロー、どこへ行っていたというのだね？」

研究所内を歩くオスローを呼び止める声がした。

「少し外の空気を吸いに行っていただけさ」

「自由をある程度許しているが、迂闊な行動は避けていただきたい」

質の良い服を身につけた、いかにもお偉いさん風の、背の高い壮年《そうねん》の白髪《しらが》男。

男は見下すような目を彼女に向けている。

「逃げる気は毛頭ないから安心してくれたまえ」

オスローは目を合わせることもなく、さらりと言い返した。

鼻で笑った男は、次に俺たちに視線を移す。

「その魔物はどうしたというのだ？　何を考えている」

「これは……従魔カフェでレンタルしてきたものさ」

「従魔カフェ？」

従魔カフェ？

なんだそれは、と俺も思ったのだが、言い訳を適当に並べ立てただけらしい。

こうしてリフレッシュできる何かがないと、研究は捗らない。

パフォーマンスの維持と健康管理は働く者の務めだろう、とオスローは述べていた。

だったら風呂入れよな、と思うけどね、俺は。

「可愛い従魔の世話を焼いていると、やる気が湧いてくるのさ。精神的な従魔セラピーを多く活用することによって、私は多大なアイデアを生み出している。ここから得るインスピレーションは、研究にも君たちにも一役買っているとは思うが？」

それっぽいことを言っているが、よく考えると意味がわからないな。

要約すると、趣味だから気にするなってところか？

「今回は許すが、勝手なことをされては困る。情報を他に流す恐れがあるんだ。本来ならば研究所から出ることもできない立場であると、もう少し理解しておくべきだな」

「はあ……研究所内は息が詰まるんだから、たまには息抜きだって良いじゃないか？」

「君の一族は平気だろう？」

そう言われた瞬間、俺を抱きしめるオスローの腕に力がこもった。

ぐえっ。

小さく呻《うめ》くと「ごめんね」と耳元で呟くのが聞こえる。

「……クループ、私はどこにも逃げないし隠れない」

「どうだか」

肩を竦《すく》めながら、クループと呼ばれた白髪男は続ける。

「君の父は責任の重さに耐えきれなくなり、一目散に逃げ出したからな？　はは、まあ敢《あ》えて我々の元へ来て、直接交渉した豪胆さは買うがね。才能も何もかも、腑抜けの父親とは違うというところを、態度で見せてくれたまえ」

「……っ」

「では、C．Bファクトリーをより良くするために、共に尽力しようじゃないか」

それだけ言って、クループはその場を後にした。

オスローも話が終わると、無言で自分の部屋へと戻る。

「さあ、入って入って」

自室に俺たちを招き入れたオスローは、静かにドアを閉めると苦笑いを浮かべた。

父親とよく似た笑い方だった。

「まったく、むさ苦しいものを見せてしまって申し訳ないね。さあ座って」

そう言いながら俺たちを順にソファーに座らせる。

「おっと、少し待っててくれるかい？」

お茶でも出してくれるのかと待っていると、彼女は「はあ可愛い、これこそ癒しだ」と呟き、机の中から何かを取り出した。

どうやら、古い一眼レフカメラのような見た目の魔導機器だ。

そしてオスローは何やらボタンを押し始める。

カシャカシャ。

……あれ、カメラだよな？

「ねえ、なんだしそれ？」

今まで空気を読んで黙っていたジュノーが口を開いた。

「これかい？　これは暇つぶしに作ったカメラさ」

やっぱりカメラだった。

「カメラ？」

「召喚された賢者が首にかけていたとされる、真実を映し出すアーティファクトの構造を真似て、作ってみたものさ」

「真実を映し出す？　どういうことだし？」

「実のところ、これは私が真似て作った物であり、そんな効果は持っていないんだ。ただ、現実を切り抜いて一枚のスケッチに写し込むことができる、という効果は再現できたから、遊び半分で使ってるわけだね。アイデアの保存に意外と最適なのさ——」

「ん～……？」

「まあ……細かい話は今は良いか。時間がないから用件だけ告げておくよ」

長々とカメラについて語ろうとしたオスローだったが、ジュノーが半分寝ていることに気が付くと、説明を途中で切り上げてしまった。

なるほど、話が長い奴への対処法はこれだったか、心得たぞ。

机に座って紙とペンを取り出して、だーっと走り書きをしながら話すオスロー。

「さっきは空気を読んで黙ってくれていてありがとう、ジュノー。おかげで何の危険もない従魔だと、クループに思い込ませることができた。もし君たちが人語を理解できて、意思疎通が取れると知られてしまえば、この場所から逃げ出すことは不可能になるからね」

「オスロー、逃げ出さないし？」

「逃げる機会はあるけど、敢えて逃げ出さないという側面が強いかな？」

「なんでだし？　外にいてくれたら、すぐにトウジを呼んでこられたし」

つーかもういるし、と小声で呟くジュノーだった。

そうです、もういます。

「実は、少しだけ厄介なものを身につけさせられていてね。上手く逃げ出せたとしても、居場所がバレてしまったら、トウジたちも危険に晒《さら》してしまう可能性があるんだ」

彼女は袖《そで》をめくって手首を見せてくれた。

手首には、何やら金属製の無骨な腕輪がはめられている。

「なんだし、それ？」

「詳しくは知らないけど、私を拘束《こうそく》しておくためのものだろうね」

袖を元に戻しながら、オスローはやれやれと続ける。

「ここへ来た時に、身につけさせられたのだよ。魔導機器とはまた違って、私の手には負えないからどうしようもないのさ。まったく、か弱い乙女の柔肌《やわはだ》になんてことを」

カサカサだけどな、と心の中で言っておきましょう。

とにかく、その腕輪のおかげである程度の自由は保証されているが、逃げてどこかに身を隠すことは難しいようだった。

「ねえ、研究所に残した手紙には心配いらないって書いてたけど……不味くない？」

「ああ、見てくれたんだ」

「トウジ、心配してたよ。でもどうしたら良いか、わからないって感じだったし」

「ふふ、冒険者である彼からすれば、商会内部の揉め事なんて専門外も良いところさ」

「だったら今すぐ――」

「いや、これから先も心配いらないさ。彼らは私の才能を買っているから、殺されることは絶対にない」

オスローは引き出しからもう一つ腕輪を取り出して、メモ書きとともにジュノーに渡す。

「これはなんだし？」

「今、C．Bファクトリーは飛行船事業を一度停止させ、別のことを始めている」

「別のことだし？」

「確か、信仰の装備計画だったかな？」

信仰……なんとも胡散臭《うさんくさ》い計画だこと。

ジュノーに聞いてもらって、信仰の装備計画とやらを詳しく説明してもらった。

それは、C．Bファクトリーの上役の一部が、裏で勇者を保護するデプリの教会と、国家間の取り決めを無視して進めていた計画である。

もともとあった、次世代型エンチャント装備計画を軌道修正させたもの。

少し話が長くなるが、C．Bファクトリーが次に売り出そうとしていたものは、以前にマイヤーから見せてもらっていた、魔力を蓄積するバッテリーを用いた、誰にでも簡単に使える鋳造《ちゅうぞう》製のエンチャント装備だった。

前提として、エンチャント装備とは、鍛冶師《かじし》が腕によりをかけてエンチャント可能な素材を用いて作り出し、付与術師が強化を施した装備である。

装備した際のステータス上昇値の向上や属性強化につながり、冒険者の活動を楽にしてくれるありがたいものなのだ。

難点は、素材の状態からエンチャントを施さなければならず、加工できる職人にも限りがあり、めちゃくちゃ価値が高いということ。

そこに目をつけ、属性付与したカートリッジタイプのバッテリーを付け替えるだけで、誰でも簡単に、いろんな種類のエンチャント装備が安価で使えますよ、ってのが、C・Bファクトリーが新たに売り出そうとしていた、次世代型エンチャント装備なのである。

性能面は、本物のエンチャント装備に比べて劣る。

しかし武器に属性を持たせたり防具に耐性をつけたりするだけで、危険な場所に挑む冒険者の生存率は大きく上がるのだ。

ピラミッド型にランク分けされている冒険者。

強い本物を身につけるレベルの者は限られており、基本的には安い装備で日銭を稼ぐ者が圧倒的に多い。

客層が被らないので、かなり魅力的な計画に思えた。

「一応細かく書き記しているけど、文だとわからないかもしれないから、君たちにも説明しておくので覚えてもらえると助かるよ」

オスローはそう言いながら、説明を続ける。

「次世代型エンチャント装備から着想を得て、あのいやらしい目つきの男クループは、勇者専用の、巨大なバッテリーを搭載した武器を作り出すことを考えたそうだ。まったく、バッテリーが未だに大容量化しないのは完成品ではないからだというのに……無知だ、あいつは」

顔を歪めて悪態をつくオスロー。

「完成品じゃないってどういうことだし？」

「大きなバッテリーの制御は常人には無理なのさ」

「でも使う人は勇者だし？」

「勇者だからとかそんな話ではなく、バッテリーの中身に使用されているアマルガム自体がまだ大規模な実験を行っていないから、どうなるかわからないってことなのだよ。年月を経るとアマルガムによって死亡した魔物と混ざり合う、なんて報告も上がっている。現時点での安全性は確保されてはいるが、規模が大きくなった際の危険性は誰にもわからない」

「んー？」

「万が一にも暴走したとして、中身のアマルガムと近場にいた人間全部が混ざってとんでもない何かが生まれてしまったらどうする？」

「わ、わあ……」

なるほどなあ、見事なワンブレス説明だった。

アマルガムゴーレムと一度戦っているから、危険性は理解できる。

元の個体と比べて、とんでもないほどに強かった。

次世代型エンチャント装備はギリス国内に大量に出回ってるわけだけど、アマルガムがもしその辺に捨てられたりしているならば、とんでもない結果を引き起こしかねないように思える。

「バッテリーって、今ギリスでいっぱい流通してるけど……大丈夫だし……？」

俺が疑問に思っていることをジュノーが聞いてくれる。

なんか、今日のパンケーキ師匠は一味違うな。

「少量ならば大した影響はない。使い終わった物を買い取っているのだし」

「なるほどー」

一応、安全性を十分に考慮して作られているらしい。

「話は続くのだが、小賢《こざか》しいことにクループはコスト削減した分と、教会からの報酬を全て懐に入れるため、その次世代型エンチャント装備に細工を施すつもりなのだ」

「細工？　なんだし？」

「冒険者ギルドで配られている魔導機器は、自分の魔力を蓄積しておけるバッテリーが搭載され、中身が消耗し切るまで繰り返して使えますよ、というお得なセールストークがなされている。だが実態は、使用者の魔力を奪って、この施設にある巨大なバッテリーに蓄積するというとんでもない裏事情があったのさ」

机の中から取り出した腕輪を見ながらオスローは続ける。

「これは、もし私の残した伝言が伝わっていなかった時のことを考えて作ったものだ」

「んー？　どんな腕輪だし？」

「すでに魔導機器を購入していた場合、奴らの魔の手から逃れるためのもの」

魔力を奪われるのを防いでくれる、阻害効果を持った腕輪らしい。

「トウジをこんな悪どい計画の一部に巻き込んでしまうのは、私が許せない」

もっとも、渡す方法をどうするかは考えていなかったがね、とオスローは笑っていた。

「大勢から少しずつ魔力を集めて勇者の装備に集約させる……それをあいつらは信仰の装備と呼んでいるようだが、ナンセンス。強制は信仰から大きくかけ離れた搾取《さくしゅ》でしかない」

確かに、仰々《ぎょうぎょう》しい名前をつけてはいるが、本当にただの搾取である。

さてさて、彼女の話を黙って聞いていて思ったのだが……。

また勇者か！

冗談じゃない、これはどんな手を使ってでも止める必要性がある。

勇者がこれ以上強くなったら、きっと面倒ごとが増えるに決まっているんだ。

さっさとクソみたいな装備を作って、競売経由で勇者に売り渡せば良かった。見た目もダサいものにしてやってさ！

「ふむ！　ふむふむ！」

心の中で悪態をついていると、オスローはソファーに座らせられていた俺、ポチ、コレクトをまとめてぎゅっと抱きしめた。

「よし、私の精神バッテリーも充填《じゅうてん》完了だ」

まるで何かを決意したように、強い目を遠くに向けながら言う。

「君たちはそろそろ帰って良い。そしてトウジに、私のことはこれから先も心配するなと伝えておいてくれたまえ。さっきの話も含めて」

「オスローは？　トウジに頼めば、その腕輪もなんとかしてくれるかもしれないし？」

「いいや、彼とはあくまで飛行船の契約をしただけだから、この面倒ごとに巻き込むわけにもいかないのさ。だからこう伝えて欲しい、騒動が落ち着いたら飛行船計画を再開させよう、遅れていた分は私が全力を注いで取り戻、す——」

「——オスロー!?」

言葉の途中で、オスローはふらついてソファーに座り込んでしまった。

「ここ最近、急ピッチで作業を進めろと指示されていたから、少し目眩《めまい》がしてしまったよ。研究で徹夜慣れしている私でも、こうして息が詰まる中で働かされていると負担が大きいようだ」

オスローの場合、計画を台無しにするための仕込みもやっているらしいから、単純に倍以上動いていることになる。

過労死一歩手前に近い感じがした。

「オスロー……」

「アォン……」

「クエエ……」

ジュノー、ポチ、コレクトが、それぞれ心配そうな表情を彼女に向ける。

以前にも増してボロボロに見えたのは、そんな背景があったからだ。

まったく、成人も迎えていない女の子相手によくやる連中である。

「大丈夫、大丈夫だから、心配はいらない。今が踏ん張り時で、父と祖父の商会には、血縁者である私が自らケリをつけるよ」

「オスローの父さんって」

ジュノーが尋ねる。

「私がここへ来た時には、もうすでにいなかった。奴らは逃げたと言っていたけど、逃れられるような器用さを持ってる人間じゃない。すでに捕まって……いやこの話はよそう」

唇を噛み締めて立ち上がったオスローはよれよれの白衣を直す。

「鳥かごをつぶす良い機会なんだ。せめて私だけでも、この世界をもう少し自由に生きてみたいと思っているのだから、ね」

「鳥かご？」

「前にも話したけど、作られた道の上を歩くのは趣味じゃないってことさ……ああ、ダメだ眠気がすごい。すまないが少しの間だけ、三十分だけ仮眠を取らせてはもらえないだろうか？」

それだけ言って、オスローはソファーの上で体を丸めて寝息を立て始めた。

「……オスロー、相当疲れてたんだろうな」

寝たことを確認して、俺はようやく口を開く。

「アオン……」

ポチがその辺に転がっていた毛布を持ってきて、オスローにかけてあげていた。

「トウジ。オスローってば、お父さん死んじゃったって思ってるんだし……？」

「聡明だからな、オスローは」

普通だったら生きてることを願うのだろうけど、こういうタイプは諦めるというか、受け止めるというか、どうにもならないことでも呑み込んでしまえるのである。

その上でこうして一人で戦っているのであれば、やはりオスローは傑物の一人だ。

俺だったら投げ出して逃げ捨てて、悲しみに泣き暮れているだろう。

「だったら、オカロが生きてるって伝えてあげた方が」

「いや、今はまだ寝かせておこう」

表情で判断がつかないタイプだが、今回は本当につらいようだ。

まったく、わかるように普段から、目の隈とか綺麗にしておいて欲しい。

「アォン」

ポチが俺の肩を小突きながら、どうするんだと指示を仰ぐ。

「そんなもん、決まってるだろ？」

こんなところにいたら過労で死んでしまうぞ。

「トウジ異世界労働基準監督官の見立てによると、この商会は常軌《じょうき》を逸《いっ》しています！」

「おおー！」

賛同の声を上げるジュノー。

「なので、もふもふ大暴れの刑に処しましょう！」

見直し見直し見直し、経営見直し！

「お前たち、行くぞ！」

「オン！」

「うん！」

「クエッ！」

オスローが寝ている間に、さっさと用件を済ませてしまうことにした。

件《くだん》の大型バッテリーとやらもここにあるようだし、そんな物騒なものは、今の内に取り除いておかなければならないのである。

「あっ、そろそろ秘薬切れそうだから、もう一本作るぞポチ」

「……アォン」

なに、嫌だって？

これもオスローを助けるためなんだから仕方がないぞ、ポチ。

小さな魔物が勝手に入り込んで、色々あらし回った的な雰囲気を装うのだ。

そうすれば俺だとバレることもなく、今後も街を自由に歩ける。

「念のため、赤い従魔の印は取っとけ……そら行くぞ！」

再びコボルトの姿になった俺は、みんなを連れてこの場を後にした。

向かう先はどこだっけな……？

ええい、そんなもんは全てコレクトが教えてくれる。

とにかく進め、小さな戦士たちよ。

◇　◇　◇

コレクトの案内に従ってみんなで通路を走る。

「ん？　なんだなんだ？」

「なんでここに鳥とコボルトが!?」

「きゃぁっ、可愛い！」

「きっとペットよ！　どこかのペットが迷い込んできたのね！」

「大行進よ！　邪魔しちゃダメ！」

「研究職の女はつくづく可愛いものが好きなのな……？」

なんか堂々と進んでも特に何も言われなかった。

空前のペットブームがギリス首都に押し寄せているのだろうか？

人目につくが、可愛い可愛いと言われて放置される。

行動がしやすくて何よりだった。

極力部外者を入れないようにしているから、中はザルなのかもしれない。

時折捕まえようとする作業服の男たちも出てくるのだが、同じような格好の女性たちに阻まれて為す術《すべ》なしといった状況。

もうしばらく自由にさせて、あとで外に出してやりましょうとのこと。

「アォン！」

「アォン！」

ポチと二人、ありがとうございますと頭を下げておく。

「きゃーっ！　お辞儀したわよ！　可愛い～！」

ここの作業員たちは、知らないで悪の片棒を担がされている状況だ。

生きるため、家族を養うために働いているのだから悪くない。

さて、再びコレクトの案内で進みながら、状況を整理しておこうか。
C．Bファクトリーは、飛行船事業のゴタゴタを皮切りにして、代表オカロを退陣させた。
オカロがいなくなった商会上層部は一瞬にして腐敗する。

国家間の取り決めを無視して、デプリの教会と取引し、勇者用の装備を作り始めた。

飛行船の件はどうなっているのかと思うのだけど、オスローが事前に設計図を盗んでいたおかげで、信仰の装備計画へとシフトしたのだろう。

強い装備もそうだが、飛行船が勇者に渡ってしまうのも、絶対に避けたいところだ。

勇者の行動範囲が広くなってしまえば、面倒を避けようと、海を渡ってギリスまで逃げてきた意味がなくなる。

ここで飛行船計画が頓挫してしまった、と高を括るのは良くない。

とにかく金が欲しいのならば、飛行船を絶対に諦めることはないだろうしな。

「どうするか……うーん……お、所内の見取り図だ」

状況をまとめつつ、どういう行動をすれば良いのか考えていると、ちょうど見取り図を発見したのでマップに登録しておく。

これでこの先、行動がしやすくなった。

「クエッ！」

「ん？　こっち？　オッケー」

引き続きコレクトの案内に従って、研究所内を駆け抜けると、一番奥に関係者以外立ち入り禁止と書かれた、重厚な金属製のドアを発見した。

登録しておいたマップに、このドアの存在は記されていない。

地図に記載されていない部屋が存在するってことは、ビンゴである。

「ここだ。ここが怪しいな」

「重たそうなドアだけど、どうやって開けるし？」

「普通に開けるぞ」

コボルトの姿をしていても、俺のレベルは90で、装備も全てユニーク等級の完全強化品。

同じレベル帯では、他人の三倍くらいのステータスである。

「ほっ」

船の舵《かじ》のようなドアノブにジャンプして掴まり、体重を込めて動かす。

ゴゴゴゴ、と擦れるような音がして重たいドアがゆっくり開いていった。

「……地下か」

なんともありがちな設定だが、ドアの向こうには地下への階段が存在していた。

悪の組織と地下室の相性ってかなり良いよね。

「クエッ！」

「このまま進んで良いか、よし」

地下室ともなれば、脱出経路が限られてくるのだが、虎穴《こけつ》入《い》らずんばというやつだ。

恐れずに進みましょう。

勇者が強くなってしまい、移動手段を得ることの方が、俺には大問題なのだから。

「まったく……」

溜息が出る。

当の勇者御一行は、こうした背景があるとも知らずに、本当に信仰心によって強くなったとか思うんだろうね。

海を越えたとしても、半年で因果関係が復活してしまった。

◇◇◇

階段を下りると見張りの男が一人だけ立っていた。

今までノーガードだっただけに、さすがに見張りの一人くらいはつけるか。

「……ドアが開いた音がしたな？」

薄暗い階段を上って、ドアの周りを確認する。

「……誰もいない、いたずらか？」

まさかちびっ子軍団が物陰に潜んでいるとも思わず、視線が下を向くことはなかった。

一応周りを警戒しておくか、と扉の外へ向かったので、その間に俺たちは進んでいく。

「クエッ」

「ん？　こっち？」

途中でさらに、下に続く階段と横道の二つに通路が分かれていたのだが、コレクトは階段ではなく横道の方に興味を示していた。

「こっちじゃないけど、なんか臭いってさ」

「ふむ……一応見ておこう」

今は従魔だから、見つかったとしても迷い込んできた可愛い存在で済む。

その存在価値を大いに利用させてもらいましょう。

従魔カフェなんて、そもそもギリスにあるのか謎だから、責任問題なんてないのだ。

あったとしても知らぬ存ぜぬよ。

オスローが責任を取らされる可能性もあるだって？

そんなもん、もうここを滅茶苦茶に荒らしたら連れて帰るので問題なし。

親子揃ってこっちで再雇用して、C．Bファクトリーを追い抜こうぜ。

「ここだな」

横道の奥にはドアがあり、薄く明かりが漏れていた。

誰かがいるって証拠である。

「本当に入るし？」

「うーん……」

コレクトが臭いと言っているならば、何か大事なものが存在する気がした。

何度も言うが、俺はコレクトの能力に全幅の信頼を寄せている。

「入っても従魔が迷い込んだだけだから、大丈夫だろ」

「ど、どうなってもあたし知らないし？」

「なんだビビってるのか？　いつもだったらフランクに入っていく癖に」

ムードメーカーらしくない。

普段ならビビるのは俺の役目なのに、どうしたジュノー。

「なんかトウジ、性格ちょっと違わないし？」

「そんなことないよ」

でも、よくよく考えればコボルトの姿だからと好き放題やってる気がした。

ネトゲだと顔が見えないから強く出てしまう、悪いところが出ているようだ。

でもまあ、たまには良いでしょう。

勇者がらみでストレスだって溜まっているのだし、発散だよ発散。

コレクトを信じていざ突撃だ、行くぞお前ら！

「アォンアォーン！」

ポチ直伝の鳴き声をかましつつ扉を開けると、正面に白髪の男が座っていた。

クループである。

ソファーに座ってゆっくりと葉巻を楽しんでいるところだった。

「な、なんだ!?　コボルト!?」

突然の来訪に驚くクループは、葉巻を灰皿に寝かせると近づいてくる。

「まったくオスローめ、ちゃんと見ておかないか……」

柔和な表情をしながら、俺たちを見下ろす。

「そもそもどうやって入ってきた？　消えろ雑魚が、獣臭くて邪魔だ」

無造作に足を振り抜いた。

「アォン!?」

間一髪で避ける。

こいつこんな可愛いコボルトに向かって笑いながら蹴りを入れるとは……外道《げどう》か。

従魔を愛さない者は、総じて悪であると俺の心が告げている。

「む？　なかなかすばしっこい獣だな……む、そうだ」

何かを思いついたように、クループは呟く。

「甥《おい》っ子にあげたペットがもう使い物にならなくなったと言っていたな……どれ、全員まとめてプレゼントにしてやろうか」

や、やべぇ奴だ！

「オスローはレンタルしてきたと言っていたが、まあ逃げ出していなくなったと言えばどうにでもなるだろう。憎むのならここに連れてきたオスローを憎め」

外道どころか、外道以下の存在で良いぞ、こんな奴。

「アォン」

「オン」

俺はポチとアイコンタクトすると、広い部屋を散らばるように駆け回った。

俺は右、ポチは左、コレクトは上を、縦横無尽に駆け回る。

ちなみにジュノーはあとからこっそり入ってきて、部屋の上から様子を眺めている。

「おい！　こら！　走り回るな獣が！　あちち！」

吸いかけの葉巻を投げつけてやった。

まったく、地下室で葉巻なんか吸いやがって、そっちの方が臭くてたまらんわ！

ポチもコレクトもお日様の匂いがして癒されるんだぞ！

「クエーーーーーッ！」

「うおっ!?　な、なんだこの鳥めが！」

コレクトが上から果敢にクループを攻め立てる。

「この鳥め！　おい、これは大事な時計だぞ！　やめろ気安く触るんじゃない！」

「クエクエクエッ！」

どうやら狙いはクループの腕にある時計らしい。

良いぞコレクト、奪ってしまえ。

高価な時計はクズなおっさんのアイデンティティの一つだからな。

「アォン！」

「アォン！」

コレクトに気を取られている間に、ポチと一緒に足を掬い上げて転ばせる。

その間に、コレクトが巧みに腕時計を掻《か》っ攫《さら》った。

「クエエエエエエエエエエ！」

響くコレクトの雄叫《おたけ》び。

そんなに欲しかったのだろうか、これはかなり価値が高い可能性を感じる。

すぐに受け取ってインベントリに収納しておこう。

【主従の腕輪・主】
必要レベル：10
UG回数：5
特殊強化：◇◇◇◇◇
限界の槌：2
装備効果：対《つい》となる主従の腕輪・従を装備した者を、一時的に従わせることができる

手に取って金目の物かどうか確かめてみたのだが、マジか。

オスローがつけていた腕輪と関係があるんじゃないか？

対となるしか書かれていないから、誰につけられているのかはわからない。

だがクループの態度から、オスローにつけられているってことで間違いないはずだ。

コレクト、ナイス過ぎる。

オスローの腕輪という問題も、これで解決に向かうかもしれない。

雰囲気的に勝手に外すと良くないことがありそうだったから、どうしようかと思っていたのだけど、コレクトを信じて良かった。

「くっ！　返せ！　それは貴様らが気安く触れて良い代物ではない！」

クループはすぐに立ち上がって俺に掴みかかろうとする。

「クイック」

小声で詠唱して、倍速で魔の手から逃れた。

「な、なんだ!?　いきなり素早くなったぞ!?」

「オン」

かかってこいよ、外道。

「な、なんなんだこのコボルトは……情けない目つきをしている癖に、なんなんだ……！」

狼狽《ろうばい》しながら俺を睨《にら》むクループである。

コボルトは群れなければ雑魚だとされているから、そんな魔物が二体いたところで造作もないと考えていたんだろうな。

間違ってるぞ。

今の俺はレベル90のハイパーコボルトで、隣にいるのも、炊事洗濯家事の全てを完璧にこなせるゴッドコボルトだ。

油断したのが運の尽きである。

「く、くうう、この獣がああああ！」

さて、警備を呼ばれる前にさっさと荒らしてズラかるか。

行くぞ、ポチ、コレクト。

小さき者の怖さを存分に叩き込んでやれ。

「オンォンォンォンォンォンォンォンォン！」

「オンォンォンォンォンォンォンォンォン！」

「クェクェクェクェクェクェクェクェクェ！」

「う、うわあああああああああああああっっ！」

今一度部屋の中を駆けずり回り、机をひっくり返して、本棚に並べられていた資料を全て床にぶち撒《ま》けてやった。

クイック状態だからゴキブリ並みの速さで荒らしていく。

その中から、なんとなく気になる資料やリストを見つけては回収していった。

「な、なんなんだ……なんなんだ、これは……コボルト、小さな悪魔……？」

クループはもはや、ただ呆然《ぼうぜん》と見ていることしかできないでいた。

目の前の出来事がさぞかし信じられないのだろう。

よし、今のうちに一番奥に行って、開発途中のどデカいバッテリーをお釈迦《しゃか》にするぞ。

◇　◇　◇

「コボルト二匹と鳥と妖精が、立ち入り禁止エリアに侵入したらしい！」

「あのちょろちょろ動いてた奴らか！」

所内警備に携わっている者たちがバタバタと通路を走っていく。

「そもそもあの頑丈なドアはコボルトに開けられるのか？」

「出入りの際に紛れ込んだんだろうよ」

「まったく、しっかりしとけよな……」

「とにかくクループ氏が襲われたらしく、探し出して仕留めろとのことだ」

「コ、コボルトに……？」

「クループ氏の話によると、とんでもなく素早く獰猛《どうもう》なコボルトらしい」

「……はあ？」

「いや俺もよくわからないんだが、クループ氏の憔悴《しょうすい》っぷりがすごいらしい。部屋もかなり荒らされていたようで、でかい本棚とか机がひっくり返されてたんだとさ」

「本当にコボルトなのか……？　いやまあ、俺らもチラッと走り回るコボルトは見たけど」

「実は進化した特殊個体だったんじゃないかって話まで上がってるよ」

「コボルトが進化って、そんなの聞いたことないぞ」

「とにかくそのコボルトを探せって命令だ。出入り口を塞いで網を張るぞ！」

「おう、そうだな！」

「――すいません！　新任の者なんですけど、何がどうなってるんですか⁉」

彼らが地下への入り口のある通路を曲がったところで、俺は合流を装って話しかけた。

「む？　とにかく緊急だ。おい新入り、コボルトは見てないか？」

「見てません！　この通路をさっき通りましたけど、何も見てないです！」

「なるほど、それは良い情報だ」

「ならコボルトはまだ地下にいる。急いで通路を封鎖して狩りに行くぞ！」

「おう！」

「俺はどうすれば良いですか？　危険なコボルトなんですよね？　怖いです！」

「ええ……？」

「なんだと……？」

俺の様子に、クソでかい溜息をつく警備二人。

「コボルト相手に情けないなあ……」

「とりあえず有事に備えて、従業員の避難準備を整えてくれ」

「わかりました！　避難します！」

「いや、準備なんだが……まあいい、一緒に避難できるようにしとけよ」

「はい！」

元気良く返事して、バタバタと走り去っていく警備たちの姿を見送る。

まんまと騙《だま》されたみたいだ。

コボルトの姿で騒ぎを起こして、ポチたちを図鑑に戻し変身を解除し、警備員の予備の服を拝借して何食わぬ顔で脱出する。

「……うむ、我ながら良い作戦だ」

すでに、一番奥の部屋に安置されていた勇者用の大容量バッテリーは回収し、カナトコを用いて適当な装備に見た目を移して挿《す》げ替えてきた。

これで今出回っている魔導機器で苦しむ冒険者は存在しなくなる。

バッテリーが偽装されたことに気付いて、慌てふためく姿が用意に想像できた。

「トウジ、やるじゃん」

俺の服の中に隠れていたジュノーが、襟から顔を覗かせる。

「だろ？」

俺は帽子を目深《まぶか》に被ると通路を駆け出した。

この混乱に乗じて、さっさとオスローを連れて家に戻ろう。

居処《いどころ》がバレてしまいそうな腕輪は俺の手の内。

これでC．Bファクトリーの一件も終わりだ。


「……なんだ？　やけに騒がしいな？」

オスローの研究室へ向かうと、オスローが目を擦りながらドアから顔を出して、外の様子を窺《うかが》っていた。

俺は帽子を深く被ったまま、彼女の手を引っ張って小脇に抱える。

「失礼します！　緊急事態です！」

「きゃぁっ!?　は、放したまえ!!　な、何をするぅ!?」

「今、特殊個体の危険なコボルトが所内に侵入し、暴れているとのことです！」

「は？　コボルト!?　いや、あの子たちは危険ではない！　それは何かの間違いだ！」

「私も可愛くて幼気《いたいけ》なコボルトが、そんなことをしでかすとは思っていませんでしたが、どうやら本当にそうらしいです！」

一瞬目を丸くするオスローだが、首を振って思考を戻すと、いつものように顎《あご》に手を当てて冷静に話し出した。

「ふむ、大方私が寝ている間に逃げ出して、どっかの馬鹿がいたずらしたのだろう？　無理やり餌《え》付《づ》けしようとしたとか、本人の意思に逆らってしつこく抱き抱えようとしたのだろう……なんということを……」

ぶつぶつ呟くオスローだが、それブーメランだぞ。

「って……君はそもそも、ここで何をしている？」

「避難です！」

「避難です、って……うら若き乙女をこんな乱雑な方法で……緊急とはいえ、私を個人意思で連れ出すと、あとで何かしらの処分を下される可能性も存在するから、さっさと解放して他の人を避難させた方が良い。私は一人でなんとかするから……え？」

溜息をつきながら警備員の身を心配するオスローだが、途中で息をつまらせた。

「ト、トウジ？」

「やっと気がついたか」

このまま気がつかれなかったら、自らネタバレしなきゃいけないところだった。

最高に格好のつかない救出劇になってしまう。

「何をしているんだね、君は……ポチたちから連絡を受けて来たのか？」

「まあ、そんなところだな」

本当は最初からいたんだけど、彼女の名誉のために言わないでおく。

黒歴史を抱える者としては、当然のフォローだ。

「……せっかく……せっかく助けに来てもらったところ悪いが降ろして欲しい」

オスローは表情を暗くして言う。

「私にはやることがあるんだ。せっかく逃してくれても、居場所がバレる可能性がある」

「そりゃもう解決したから大丈夫だよ」

彼女に例の腕輪を見せた。

「クループが持っていた主従の腕輪は回収できた。これで万事オッケーさ」

悪巧みの一つである大容量バッテリーも挿げ替えて、本物はインベントリの中だ。

「ついでに、オカロも生きてトウジのところにいるし！　にししっ！」

襟から顔を覗かせてオスローに笑いかけるジュノー。

どうしても言いたかったらしい。

それを聞いたオスローが、「父が、トウジのところで……？」と眉を顰《ひそ》めて訝《いぶか》しむ。

「本当に、何がどうなっているのやら……思考が追いつかない……」

「まあ今は逃げることに集中しよう。あ、ちょっと待ってね。コレクトかもん！」

「クエッ！」

「オスローが持ってたカメラあっただろ？　あれだけこっそり部屋から回収して来て」

「クェー」

俺の指示に従って、コレクトはすぐさまカメラを取りに飛び立った。

あれだけは面白そうなアイテムだから確保しておきたい。

もし、もしもの話になるんだが、万が一にも現世に帰る時が来た場合である。

俺もみんなとの思い出を写真に残せたら良いかな、と思ったのだ。

「カメラまで知っている……？　まさか、もう一体のコボルトの目を通して見ていたのか？」

「そんなことできるわけないだろ、みんなから聞いたんだよ」

その推察はあながち間違ってはいないけどね。

やはり鋭いな、オスロー。

「とにかく今は混乱の中を避難している、という体裁でいてくれ」

「……了解した。あとでしっかり説明するように」

「約束するよ」

「ならば小脇に抱えるよりも、しっかり抱き抱えた方が避難っぽいのではないか？　これだと、ただのうら若き乙女を誘拐しているようにしか見えないだろう？」

「ええ……具体的にどうしたら良いの……」

「お姫様抱っこ、というものに小さな頃からやや興味を抱いていてな。まあ研究論文を読み漁る合間に、たまたま読んだ白馬の騎士に救われる令嬢物語の一幕なのだけど。やはり私もこういう状況でそういう救いの手的な存在が頭の片隅にあって、幻想や理想の世界に浸ってストレスを解消するということも夜な夜な――」

「長い！　走ってる最中にそんなに長い話は理解できん！」

思わず突っ込んでしまった。

するとジュノーが一言でまとめてくれる。

「お姫様抱っこをして欲しいってことだし？」

「うむ、少し私の思うところとは違うが、端的に言えばそういうことになるだろう」

濁し過ぎだろ、言葉。

濁りに濁って、もはや別の何かになっている始末である。

しかし、ようやく元のオスローに戻った気がして、俺は少しだけ嬉しかった。

「はいよ、お姫様」

抱き方を変える。

オスローの体は、細っそりとしていてかなり軽かった。

スレンダーと表すには、いささか度を過ぎている。

帰ったらポチの栄養満点ごはんを毎日食べさせて、少し太らせるべきだ。

「……トウジ、来てくれて本当にありがとう」

「何言ってんだ当然だろ？」

「当然……？」

「こんなところで油を売るなよ、飛行船が先だぞ」

「そ、そうか……そうか。私と先に契約したのは君だから、な」

他のものは後回しだ。

俺が全部やっといたからな。

◇　◇　◇

それからC．Bファクトリーの研究所を抜け出して、自宅アパートへと戻った。

研究所内の騒動に至った経緯については、安全圏に入ってから説明は済ませてある。

父親オカロの安否。

そして新たな商会を立ち上げ、C．Bファクトリーをつぶす計画。

道中で説明を受けたオスローは、家に着いて椅子に座るなりこう言った。

「……君が味方でいてくれて、素晴らしく心強いよ」

「先約は俺だからな」

敵か味方かで問われれば、新たな商会を作る計画も人に丸投げである。

とにかく飛行船を作りたい、ただその一心に尽きるのだ。

「我を通した、と言い張るのだろうが……助けられた人はそう思わないさ」

「なんだって良いよ。あと、風呂に入ってきなよ」

「私が臭いと言いたいのか？」

俺の言葉に、オスローは少しムッとしていた。

別にそういうことを言っているわけではなく、疲れてるだろうからって意味である。

もっとも、臭いっちゃ臭いけど。

「確かに最近オーバーワーク気味だったが、最初に会った時よりはまだマシというか……本当に臭いのか？　ちょっと嗅いでみてくれ、臭いのか？」

「いや、いいっすわ……うちの風呂は最近改装して大浴場にしたから、かなりリフレッシュできると思うよ」

「このアパートに大浴場……？」

「そこは何も聞かないでくれると助かる。うん、助けたんだから何も聞くな。助けただろ」

「ふっ、まあ良いさ。ではその大浴場とやらに入らせてもらおうか」

そう言いつつ、コートと白衣を脱いで制服姿になったオスロー。

目の前に俺がいるのにもかかわらず、さらにブレザーとスカートを脱ぎ散らかし始めた。

「待て待て待て、脱衣所があるからそっちで脱げ」

「おっと、つい、いつもの癖が出てしまった」

人の家なのに早速自宅気分とは、本当に大物である。

改めて見るとガリガリの体から目を逸らしながら、俺は大きく溜息をついた。

ポチも溜息をつきながら衣類を回収していくのを見るに、先が思いやられる。

「トウジ」

「ん？　まだいたのかよ」

早く風呂に入ってこいよな。

「うら若き乙女の肢体《したい》に欲情はしないのか？」

「ない」

即答する。

一回り以上も歳が離れている相手に、性的興奮を覚えるタイプではない。

ダメ人間だという自覚はあるが、その辺のモラルは持ち合わせている。

「俺を落としたいなら、歳を取ってもっと色気を出してこい」

ボサボサの髪の毛、カサカサの肌、目元を覆う隈。

興奮というより、哀れみの感情を覚える。

早く浄水の風呂に入って、サラサラ、ツルツル、テカテカになってこい。

隈も多少はマシになるだろう。

「自信があるわけではないが、管轄外なら仕方がない。ここいらで籠絡《ろうらく》しておけば、あとでとても良い財産になる気がしていたのだが、それは別の部分で改めて検討しよう」

「するな。飛行船に協力してもらえてるだけで十分助かってるから。それに飛行船が完成したら、今後のメンテナンスで馬車馬のように働かせてやる」

もちろんお金は相応の分を支払うつもりだ。

それで空の安全が買えるのならば安いものである。

「まっ、今はそれで十分さ。そうだ、お風呂にはポチを借りていっても良いかい？　もしくはもう一匹のコボルトがいたはずだが、その子と一緒に入りたい」

「……ポチ行ってらっしゃい」

「アォン……」

すがるように見てくるポチの目を、俺はさらりと受け流した。

「背中をしっかり流して……っていうか、隅々まで洗い尽くしてこい」

俺が変身したコボルトのことを追及されると面倒だから、スケープゴートである。

頑張れポチ。どうせモフられるのは自分なんだから綺麗にしてやれ。

「あっ、そうだ忘れてた」

キャミソールとパンツのみになったオスローに近づいて腕を取る。

風呂より先に、こっちの腕輪をなんとかしなきゃいけなかった。

なんとかできなくても、これが何かだけは見ておかなければならない。

「私から啖呵《たんか》を切った手前もあるのだが、あまりまじまじと見られるのは……」

「あっ、そっちは見てないです」

「あっ、うむ」

マイヤーも酒が入ったらこうなるので、少し慣れてしまってる自分がいる。

そう考えると、まともな恥じらいを持ったイグニール最高で素敵って寸法だ。

「腕輪を外すことを考えているようだが、それは不可能だ。私が大人しく身につけているという時点で、ありとあらゆる手段を考えて外そうとしたが無理だったということだ」

「そうなの？」

「これは呪い装備と呼ばれ、忌避《きひ》されている存在だ。装備した瞬間、二度と外すことができなくなってしまう類《たぐい》の代物。解除は専門のスキルを持つ人に委《ゆだ》ねなければならない」

「へぇ……」

呪い装備とは、なんとも物騒な名前である。

主従の腕輪・主を分解して処分したところで、この腕輪は一生ついたままだった。

それは胸糞《むなくそ》悪いので、とりあえずなんとかできないか中身を確認する。

【主従の腕輪・従】交換不可
必要レベル：10
UG回数：5
特殊強化：◇◇◇◇◇
限界の槌：2

装備効果：対となる主従の腕輪・主を装備した者に抗《あらが》うことはできない
※装着時交換不可装備、業のハサミを使用することで交換不可状態を解除できる

……あっ、なるほど、装着時交換不可装備だったのか。

説明しよう、装着時交換不可装備とは、読んで字の如くである。

一度身につけてしまうと、プレイヤー間での交換が不可能になってしまう装備のこと。

高レベル帯の装備に、こういった仕様のものが多かった。

サブキャラやプレイヤー間で、強い装備を自由に交換できないようにするためにできた。

注意書きのところに、業のハサミを使用することで解除できると書いてあるように、課金で手に入るアイテムを用いれば、交換可能にできる。

つまり、強い装備を移動させたかったら金払えよっていう極悪システムなのだ。

えげつないよな、これ。

ちなみに解除したとしても、もう一度身につけると交換不可になる。

「これが本当に、呪い装備って言われてるものなの？」

オスローに今一度尋ねておく。

「そうだ。一度身につけたら永遠に装備したままになる。たまに指折りの性能を持った武器や防具も存在するらしいのだが、風呂に入る時も何をする時も装備しなければならなくなるという非常に

恐ろしい装備だ。私は腕輪なだけでマシなのかもしれない」

「へ、へぇ……」

ゲーム内では装備欄から外して、インベントリ内に収納しておくことができた。

あくまでこれは交換不可、という意味で、他のプレイヤー間で取引ができなくなるという仕様だったからである。

そこで気が付く。

当然ながらこの世界の人々には、インベントリや装備欄なんていうシステムは存在しない。

故に装備をしたら二度と外せない恐ろしい装備、という扱いになっているのか。

「トウジ、下手に触ると呪いが移るかもしれないぞ！」

腕輪をペタペタ触っていると、ビクッと驚くオスロー。

研究者が何言ってんだ、と素直に思う。

「呪いが移る？　無い無い」

異世界だから、周りに作用する呪いがあってもおかしくは無いが、この腕輪に関しては単純に交換不可で外せなくなっただけの代物だ。

「問題は、この装備をどうやって外すかってところだな……」

「む、外せるのか？」

「わからん」

ネトゲでは着脱可能だったから、こういった事態を対処した経験がない。

インベントリから交換不可になった装備を捨てた場合、このアイテムは回収できませんが本当に捨てますかと警告文が出現して、はいを選ぶと消滅する。

それが、この異世界でも当てはまるのかどうか。

他のプレイヤーのインベントリからアイテムを捨てるなんて、普通に不可能だからね。

でも、そこで思い出した。

ゲームでは、他のプレイヤーのアイテムをインベントリから勝手に奪うことはできないが、この世界では、普通に相手も装備を奪えてしまうことに。

過去に、懐かしきバンドル海賊団の手下たちの装備を奪ってた気がする。

そう考えると、ベルトを外す際、イグニールの分も俺が外せば手間が掛からなかった。

いや、さすがにセクハラか。

とにかく、取れなかったら解除専門のスキルを扱う人を探して依頼すれば良い話なので、ダメ元でやって見ることにした。

《このアイテムは再回収できません》

《はい／いいえ》

「うおっ!?」

「どうした!?　の、呪いか!?　呪いなのか!?」

「い、いやなんでもない」

急に顔の前に仮想画面が出現したもんだから、驚いただけである。

ともかくなるほど……。

他人の装備だったとしても、俺には普通に表示されてしまうわけね。

オスローが俺を覗き込む視線には、もろにこの仮想画面があるのだが見えていない。

「解除しとくか」

はいのボタンをポチッと押すと、彼女が身につけていた腕輪がさらさらと消えていった。

これはゲームの中にも存在していたエフェクトである。

「え……」

腕輪が消えてしまったのを見て、目を丸くするオスロー。

「解除できたっぽいから、ほら風呂に入ってこい」

「待て、説明を求める。今の、説明を求める！」

「いいや、風呂が先だ」

余程目の前の出来事が信じられないのか、恥ずかし気もなく詰め寄ってくるオスロー。

その姿でずっといるのも寒かろうと思うので、先に風呂を勧《すす》めた。

懸念だった腕輪は跡形もなく消えたのだから、何の憂《うれ》いもなく風呂に入れるだろう。

「とりあえずゆっくりしてこい。その後説明するから」

「絶対だぞ！　絶対に教えるんだぞ！　行こうポチ！」

「アォォーン！」

「あたしが案内するしー！」

興奮したままポチを抱えて、ジュノーの案内のもと、ズカズカと風呂へ向かっていった。

ポチは涙ぐみ、最後まで俺に両手を伸ばしていたが、俺はそっと目を逸らした。

説明は、適当に触ってたら消えたって言っておくか……。

仮想画面が表示されて、だなんて言えないからね。

「あ、そうだ。ついでに主従の腕輪・主の方も分解しておくか」

こんな物騒なものはこの世に存在してはいけません。

分解して素材になった姿を確認して、よしこれで本当に一件落着ってところかな？

◇　◇　◇

ギリスに戻ってきてから激動の三日間だった。

初日はマイヤーの酒癖の悪さ以外、特に何もなかったのだが、翌日にオスローの行方不明事件。

そして瀕死となったオカロを発見し、次の日にはオスロー奪還作戦である。

……よくもまあ三日でことが済んだもんだ。

結果的に早めに手を打てたってことにして、良しとしておこう。

俺と別行動していたイグニールやマイヤーたちも、ローディの働く研究所からの協力を、無事に取り付けたそうだしね。

ちなみに、アルバート商会がお金を出してくれるってことに対して、ローディの働く研究所の所長は二つ返事で頷いたとのこと。

そりゃそうだよな。

メーカーとしては、トガルの販路を確保できるわけなんだから。

技術的な顧問として元C．Bファクトリーの代表であるオカロが来てくれて、将来を有望しされていたオスローまでも加わるのであれば、断ったらバチが当たるレベルである。

上手くいくと良いな、飛行船。

まだまだ先は長いと思うけど、今回でかなり前進したんじゃないかと思う。

「さてと、今日もやるか」

ベッドからのそりと起き出して、毎朝の日課を行うことにした。

休日だが、今日も今日とて採掘、採取、錬金術、装備製作のレベル上げである。

「毎日毎日飽きないわね……」

ピッケルを両手にクイックを用いて高速でカンカンしていると、入り口からひょっこり、イグニールが顔を出した。

「ん？　帰ってたのか」

「うん、さっき帰宅。ただいま」

なんと朝帰りである。

ローディと再会したイグニールは、そのまま彼女の家に泊まってきたそうだ。

「おかえり……何もなかった……？」

「何かあるわけないでしょ。女同士よ？」

「そ、そっか」

そうだよな、そりゃそうだ。

ローディが並々ならぬ想いを持っていたとしても、イグニールはノーマルだ。

良くないことが起こるわけがない。

万が一、食事や飲み物に何か盛られてしまう可能性も考えて、こっそり研究所に行くメンツの飲み物や昼食に、霧散の秘薬を混ぜていたのは内緒だ。

「お酒を飲んでお喋りしただけよ。なんだか楽しくってあんまり酔わなかったけど」

「楽しかったらそんなもんだよ」

それも霧散の秘薬の効果だけど、バレたら余計なことするなって怒られそうだ。

ここは誤魔化しておこう。

「久しぶりに添い寝して欲しいって言われたんだけど、やっぱりゴブリンの時のトラウマは拭《ぬぐ》い切れてないみたいね」

「そ、そうなんだ」

本当にトラウマが理由なのだろうか、にわかには信じがたい。

「もしかしたら、うちに食事に呼んだりするかも」

「えっ」

それは非常に嫌なのだけど、イグニールは善意で言ってるから、無下《むげ》にもできなかった。

ど、どうやって回避しよう。

「あっ、家主はトウジとマイヤーだから、居候《いそうろう》みたいな私が決めて良いことじゃないわね……」

「イグニール」

とりあえず採掘をやめてイグニールに近づく。

「パーティーを組んだんだから、ここは自分の家だって思って良いよ」

親しき仲にも礼儀ありだというが、みんな自由にして良い。

個人の部屋を設けてるんだから、そのプライベート空間は好きにして良いのだ。

誰もそこには文句を言わせないぞ。

「ローディを呼んだらいい。みんなで楽しくポチの料理を食べよう」

「ありがとうトウジ」

「おう」

……誰か、良い格好しようとした俺を全力でぶん殴ってくれ。

本当はローディを家に呼びたくない。

呼びたくないよー！

でも、イグニールの気を遣ったような表情を見たら、そう言ってしまうだろ。

断れないだろうが！

「そうだ、ねえトウジ？」

「うん？」

採掘を再開しながらイグニールの言葉に耳を傾ける。

「トウジの故郷って、どんなところだったの？」

「あー、まあこの世界と特に変わらないよ」

多少便利だし娯楽もたくさんあるけど、魔法はない。

魔物はいないけど、改めて考えると魔物以外の危険はたくさんだ。

大して変わらない、というのが今の俺の意見である。

むしろ今よりもずっと息苦しく、住みにくい感覚さえあった。

異世界に住み慣れたからこその感想かもしれないが、過去の俺はそうだった。

「みんなインベントリとか、そういう能力を持ってるの？」

「持ってない……けど、持ってると言えなくもない」

リアルの俺らは持ってないけど、ネトゲ戦士には標準搭載だからね。

俺が真面目に生きてきた場所は現実世界ではなく、電脳世界だ。

そういう意味では、みんながスキルを持っていると言えるのかもしれない。

ネトゲでの俺は廃人ランカーで、みんなが羨む力を持っていた。

ここでも似たようなもんか……。

そんなランカー様は、全ての仮面を取っ払ってしまうと、イグニールやマイヤーに顔向けできない、情けない社会的弱者である。

……帰ったらまたあの日々が戻ってくるのかなと、そんな想像がほのかに頭を掠《かす》めた。

「どんな名前の国に住んでいたの？」

飛んで行った思考がイグニールの声によって戻される。

元の世界のことを考えるのはやめよう。

今、俺が生きているのはこの世界なんだから。

「あー、日本」

「ニホン……？　なんか聞いたことあるような、ないような、そんなニュアンスの名前ね」

「単語三文字だから、探せばありそうだよね」

二人でクスッと笑い合う。

ひょっとしたら、この世界の片隅にも日本に近い島国があったりするのだろうか？

あるのならば、なんとなく行ってみたい気持ちはあった。

辟易とした毎日を思い出すのは多少心が沈むこともあるけど、望郷の気持ちは捨てない。

親不孝につながると思ったからである。

「いつか……」

作業を続けながら会話をしていると、イグニールが不意にそこで言葉を止めた。

「ん？」

「ううん、なんでもない。とりあえず今日は休日なのよね？」

「そうだよ」

「なら、あと三時間くらい寝とこうかしら」

「帰宅後バタバタしっぱなしだったから、ゆっくりしなよ」

「じゃ、トウジもあんまり無理しないようにね？」

「オッケー」

それだけ言って、イグニールは部屋を後にした。

俺は再びクイックを詠唱すると、集中して作業を進めていく。

彼女は「いつか……」のあとに何を言おうとしたんだろう？

俺の故郷の話を聞いてきたのだし、帰る帰らないの話だったんだろうな、きっと。
俺は召喚勇者に混ざってここに来た、異世界人なのだから。
「そこを深く考えても仕方がないか」
帰る帰らない、そんな話は後にして、今を一生懸命生きようじゃないか。
過去を振り返り、未来を見据える。
それはとても大事なことだと思うが、本当に重要なのは今をどう生きるか、だ。
秋野冬至、いやトウジ・アキノは毎日を精一杯に生きて行きますよ！

月が導く異世界道中
Tsukiga Michibiku Isekai Dochu
あずみ圭
Azumi Kei
1~16
8.5
TVアニメ化!
2021年7月7日放送開始!
TOKYO MX・MBS・BS日テレほか

この作品に対する皆様のご意見・ご感想をお待ちしております。
おハガキ・お手紙は以下の宛先にお送りください。

【宛先】
〒150-6008東京都渋谷区恵比寿4-20-3恵比寿ガーデンプレイスタワー8F
(株)アルファポリス　書籍感想係

メールフォームでのご意見・ご感想は右のQRコードから、
あるいは以下のワードで検索をかけてください。

アルファポリス　書籍の感想　検索

ご感想はこちらから

本書はWebサイト「アルファポリス」(https://www.alphapolis.co.jp/)に投稿されたものを、改題、改稿、加筆のうえ書籍化したものです。

装《そう》備《び》製作《せいさく》系《けい》チートで
異《い》世《せ》界《かい》を自《じ》由《ゆう》に生《い》きていきます8

tera　著

2021年7月4日初版発行

編集－宮本剛・芦田尚
編集長－太田鉄平
発行者－梶本雄介
発行所－株式会社アルファポリス
〒150-6008東京都渋谷区恵比寿4-20-3恵比寿ガーデンプレイスタワー8F
TEL 03-6277-1601（営業）03-6277-1602（編集）
URL https://www.alphapolis.co.jp/
発売元－株式会社星雲社（共同出版社・流通責任出版社）
〒112-0005東京都文京区水道1-3-30
TEL 03-3868-3275
イラスト－三登いつき
URL https://www.pixiv.net/member.php?id=4528116
デザイン－AFTERGLOW
印刷－図書印刷株式会社

価格はカバーに表示されてあります。
落丁乱丁の場合はアルファポリスまでご連絡ください。
送料は小社負担でお取り替えします。

ISBN978-4-434-29006-0 C0093